朱自清带你游中国

朱自清 —— 著
田　圆 —— 编著

北京理工大学出版社
BEIJING INSTITUTE OF TECHNOLOGY PRESS

版权专有　侵权必究

图书在版编目（CIP）数据

朱自清带你游中国 / 朱自清著；田圆编著.
北京：北京理工大学出版社，2025.7.
（启航吧知识号）.
ISBN 978-7-5763-5400-3

Ⅰ．I206.6-49
中国国家版本馆 CIP 数据核字第 2025G1J851 号

责任编辑：李慧智	**文案编辑**：李慧智
责任校对：王雅静	**责任印制**：王美丽

出版发行 / 北京理工大学出版社有限责任公司

社　　址 / 北京市丰台区四合庄路 6 号

邮　　编 /100070

电　　话 /（010）82563891（童书售后服务热线）

网　　址 /http：//www.bitpress.com.cn

经　　销 / 全国各地新华书店

印　　刷 / 雅迪云印（天津）科技有限公司

开　　本 /710 mm×1000 mm　1/16

印　　张 /7.75

字　　数 /100 千字

版　　次 /2025 年 7 月第 1 版第 1 次印刷

定　　价 /32.00 元

图书出现印装质量问题，请拨打售后服务热线，负责调换

目录

绿 / 006

白水漈 / 014

白马湖 / 018

扬州的夏日 / 025

潭柘寺戒坛寺 / 032

南京 / 044

说扬州 / 060

松堂游记 / 072

初到清华记 / 080

蒙自杂记 / 085

重庆一瞥 / 094

重庆行记 / 100

"月朦胧，鸟朦胧，帘卷海棠红" / 119

绿

1924年2月8日，温州作

我第二次到仙岩的时候，我惊诧于梅雨潭的绿了。

梅雨潭是一个瀑布潭。仙岩有三个瀑布，梅雨瀑最低。走到山边，便听见哗哗哗哗的声音；抬起头，镶在两条湿湿的黑边儿里的，一带白而发亮的水便呈现于眼前了。

我们先到梅雨亭。梅雨亭正对着那条瀑布；坐在亭边，不必仰头，便可见它的全体了。亭下深深的便是梅雨潭。这个亭踞在突出的一角的岩石上，上下都空空儿的；仿佛一只苍鹰展着翼翅浮在天宇中一般。三面都是山，像半个环儿拥着；人如在井底了。

这是一个秋季的薄阴的天气。微微的云在我们顶上流着；岩面与草丛都从润湿中透出几分油油的绿意。而瀑布也似乎分外的响了。那瀑布从上面冲下，仿佛已被扯成大小的几绺；不复是一幅整齐而平滑的布。

岩上有许多棱角；瀑流经过时，作急剧的撞击，便飞花碎玉般乱溅着了。那溅着的水花，晶莹而多芒；远望去，像一朵朵小小的白梅，微雨似的纷纷落着。据说,这就是梅雨潭之所以得名了。但我觉得像杨花,格外确切些。轻风起来时,点点随风飘散,那更是杨花了。这时偶然有几点送入我们温暖的怀里,便倏的钻了进去,再也寻它不着。

梅雨潭闪闪的绿色招引着我们;我们开始追捉她那离合的神光了。揪着草,攀着乱石,小心探身下去,又鞠躬过了一个石穹门,便到了汪汪一碧的潭边了。瀑布在襟袖之间;但我的心中已没有瀑布了。我的心随潭水的绿而摇荡。那醉人的绿呀!仿佛一张极大极大的荷叶铺着,满是奇异的绿呀。我想张开两臂抱住她;但这是怎样一个妄想呀。——站在水边,望到那面,居然觉着有些远呢!这平铺着,厚积着的绿,着实可爱。她松松的皱缬着,像少妇拖着的裙幅;她轻轻的摆弄着,像跳动的初恋的处女的心;她滑滑的明亮着,像涂了"明油"一般,有鸡蛋清那样软,那样嫩,令人想着所曾触过的最嫩的皮肤;她又不杂些儿尘滓,宛然一块温润的碧玉,只清清的一色——但你却看不透她!我曾见过北京什刹海拂地的绿杨,脱不了鹅黄的底子,似乎太淡了。我又曾见过杭州虎跑寺近旁高峻而深密的"绿壁",丛叠着无穷的碧草与绿叶的,那又似乎太浓了。其余呢,西湖的波太明了,秦淮河的也太暗了。可爱的,我将什么来比拟你呢?我怎么比拟得出呢?大约潭是很深的,故能蕴蓄着这样奇异的绿;仿佛蔚蓝的天融了一块在里面似的,这才这般的鲜润呀。——那醉人的绿呀!我若能裁你以为带,我将赠给那轻盈的舞女;她必能临风飘举了。我若能挹你以为眼,我将赠给那善歌的盲妹;她必明眸善睐了。我舍不得你;我怎舍得你呢?我用手拍着你,抚摩着你,如同一个十二三岁的小姑娘。

007

我又掬你入口,便是吻着她了。我送你一个名字,我从此叫你"女儿绿",好么?

我第二次到仙岩的时候,我不禁惊诧于梅雨潭的绿了。

知识速递:

仙岩:位于浙江省温州市瓯海区,占地30.45平方公里,是一处集山水之美的风景名胜区。这里岗峦起伏,泉瀑飞洒,有着"五潭二井之秀,九狮一象之奇"的美誉,是自然风光的绝佳代表。

绺 (liǔ):量词,指一束理顺了的丝、线、须、发等:一～青丝。

倏 (shū):极快地、疾速、忽然。

襟袖:这里指衣襟衣袖,亦可借指胸怀。

皱缬 (xié):带褶皱的印花织物,这里指褶皱。

尘滓 (zǐ):细小的尘灰渣滓。

挹 (yì):舀,把液体盛出来。

明眸善睐:形容女子的眼睛明亮而灵活。

掬:指用两手捧。

田老师讲：

《绿》一文选自朱自清的《温州的踪迹》。这是一篇值得推崇和借鉴的写景名篇，全篇仅一千余字，构思精巧，描写细致，情景交融，善于运用多种修辞手法，读来使人如临其境，美不胜收。文章以游踪为线索，先后以"山边""亭边"为观察点，勾画出梅雨潭的外貌，瀑布的气势，水花的活泼可爱，给读者留下准确、鲜明而又完整的形象。

其中的第三节是文章的主体部分，作者以奇异的感觉，大胆的联想，写出了"梅雨潭的绿"的美。文章第三节开头写作者为梅雨潭的闪闪绿色所吸引，循踪探索那"离合的神光"。站在汪汪一碧的潭边，"心随潭水的绿而摇荡"，瀑布虽在"襟袖之间"，但他的心中"已没有瀑布"，足见梅雨潭的绿比瀑布更美，更使人心驰神往。

拓展阅读

梅雨潭

梅雨潭位于浙江温州市瓯海区仙岩街道，是国家AAA级景区。它以其独特的瀑布景观和碧绿的潭水而闻名。这里曾是文人墨客游览之地，留下了许多珍贵的诗文墨宝。特别是著名散文家朱自清的《绿》，让梅雨潭的"女儿绿"名扬四海。游客在梅雨潭可以近距离感受瀑布的磅礴气势和潭水的碧绿清澈。游人站在梅雨亭中，凭栏远眺，瀑布与潭水交相辉映，仿佛置身于一幅动人的山水画卷之中。

什刹海

什刹海位于北京市西城区东北部（北京城区中轴线的西北部），毗邻北京城中轴线，是古高梁河下游河道形成的洼地型湖泊。它最初是元、明、清三代城市规划和水系的核心，见证了北京城的历史变迁。著名的《帝京景物略》中则以"西湖春，秦淮夏，洞庭秋"来赞美什刹海的神韵。什刹海景区风光秀丽，被誉为"北方的水乡"。

虎跑寺

虎跑寺名字的由来，源于一个美丽传说。据传，唐代高僧性空大师初到此地时，发现这里虽然灵气郁盘，但水源短缺，准备迁往他处。然而，在一天夜里，他做了一个梦，梦中得到神的指示："南岳衡山有童子泉，当遣二虎移来。"次日，性空大师果然见到两只老虎跑入山中，并在翠岩上做出洞穴，石壁间随即涌出清澈的泉水。性空大师认为这是神灵的赐予，于是决定留在此地建寺修行。从此，这眼泉水就被称为"虎跑泉"，而寺庙也因此得名"虎跑寺"。

中国名潭

中国拥有众多风景秀丽的名潭，这些名潭不仅自然风光旖旎，而且各具特色，吸引着无数游客前来观赏。

贵阳天河潭

位置：位于贵州省贵阳市花溪区石板镇。

特点：以典型喀斯特自然风光为主，具有河谷曲拐、沟壑险峻的地貌特征。山中有洞，洞中有水，洞行山空，空山闻水声，碧潭衍飞瀑，形态各异。

景观：融山、水、洞、潭、瀑布、天生桥、峡谷、隐士为一体，被誉为"黔中一绝"。

台湾日月潭 ▼

位置：位于台湾省南投县鱼池乡水社村,是台湾最大的天然淡水湖泊。

特点：由玉山和阿里山的断裂盆地积水而成,环潭周长 35 公里,平均水深 30 米,水域面积达 900 多公顷。潭中有一小岛,名为"光华岛"(原名珠子屿),将潭水分为日潭和月潭两部分,景色优美,被誉为"海外别一洞天"。

景观：区内规划有景观、自然、孔雀及蝴蝶、水鸟、宗教等六个主题公园,还有多个特殊景点。

安徽宣城桃花潭 ▶

位置：位于安徽省宣城市泾县以西 40 公里处,南临黄山、西接九华山,与太平湖紧紧相连。

特点：因唐代诗人李白《赠汪伦》中的"桃花潭(táo huā tán)水深千尺,不及汪伦送我情(shuǐ shēn qiān chǐ bù jí wāng lún sòng wǒ qíng)"而名扬天下。潭面水光潋滟,碧波涵空,潭岸怪石耸立,古树青藤纷披。

景观：四周点缀着众多自然人文景观,如屹立千年的垒玉墩、深藏奥妙的书板石、李白醉卧的彩虹岗等。

湖南永州小石潭

位置：位于湖南省永州市零陵区愚溪之中，距离西小丘约100米。

特点：因柳宗元的《小石潭记》而著名，文中描述了小石潭清幽、宁静的景色，如"潭中鱼可百许头，皆若空游无所依"，展现了小石潭的幽静、清澈之美。

景观：小石潭以其清澈见底的潭水、形态各异的石底和四周郁郁葱葱的树木为特色，构成了一幅美丽的自然画卷。

白水漈

1924 年 3 月 16 日，宁波作

几个朋友伴我游白水漈。

这也是个瀑布；但是太薄了，又太细了。有时闪着些须的白光；等你定睛看去，却又没有——只剩一片飞烟而已。从前有所谓"雾縠"，大概就是这样了。所以如此，全由于岩石中间突然空了一段；水到那里，无可凭依，凌虚飞下，便扯得又薄又细了。当那空处，最是奇迹。白光嬗为飞烟，已是影子，有时却连影子也不见。有时微风过来，用纤手挽着那影子，它便袅袅的成了一个软弧；但她的手才松，它又像橡皮带儿似的，立刻伏伏帖帖的缩回来了。我所以猜疑，或者另有双不可知的巧手，要将这些影子织成一个幻网。——微风想夺了她的，她怎么肯呢？

幻网里也许织着诱惑；我的依恋便是个老大的证据。

知识速递：

澌 (jì)：这里是岸边的意思；也指海底深陷处。

縠 (hú)：有皱纹的纱。

嬗 (shàn)：更替，变迁。

田老师讲：

《白水漈》是朱自清散文《温州的踪迹》中的一则。作者笔下的白水漈奇特幻妙，令人神往。

作者仅用了230余字就将大自然的杰作白水漈描述得如此真切感人，这与作者敏锐的观察、深切的感悟是分不开的，也归功于作者对写作素材的精心选择。作者匠心独运，只抓住白水漈的鲜明特色来写，挥毫泼墨，娓娓道来。

文章开头要言不烦，一个句子引起下文。第二自然段第一句开宗明义，抓住白水漈的鲜明特色来写："这也是个瀑布；但是太薄了，又太细了。"下文就抓住白水漈瀑布不同于其他瀑布的"薄"和"细"的特点加以描述，恰切、空灵，妙不可言。

作者接着又抓住那奇特的岩石空处加以描述，"嬗""飞烟""影子"接连的几个词将缥缈的水影描绘得形象逼真，宛然眼前。生动的拟人，新奇的比喻，贴切的字眼，令人情不自禁地心驰神往。

拓展阅读

中国瀑布

中国有许多著名的瀑布，它们不仅以其壮丽的自然景观吸引着无数游客，还蕴含着丰富的文化内涵。

黄果树瀑布（中华第一瀑）▲

位置：位于贵州省安顺市镇宁布依族苗族自治县。

特点：黄果树瀑布高 77.8 米，宽 101 米，是亚洲第一大瀑布，也是世界著名的大瀑布之一。瀑布如银河般倾泻而下，水声轰鸣，气势磅礴，水雾扑面而来。

文化关联：明代地理学家徐霞客曾在《徐霞客游记》中详细描述了黄果树瀑布的壮丽景象，"珠帘钩不卷，匹练挂遥峰"。

庐山三叠泉瀑布 ▶

位置：位于江西省九江市庐山风景区内。

特点：三叠泉瀑布被誉为"庐山第一奇观"，以其独特的三叠而下、如丝如缕的瀑布形态而著称。瀑布从高处落下，被分为三叠而下，如丝如缕，美不胜收。

文化关联：庐山瀑布因诗人李白的"飞流直下三千尺，疑是银河落九天"而闻名天下。《望庐山瀑布》生动展现了庐山瀑布的壮丽景象，成为流传千古的佳作。

壶口瀑布（黄河唯一天然瀑布）▼

位置：位于山西省吉县与陕西省宜川县交界处的黄河上。

特点：壶口瀑布是世界上最大的黄色瀑布，高30多米，宽50多米。黄河水在此奔腾而下，形成"千里黄河一壶收"的壮观景象。

文化关联：壶口瀑布所在的地区拥有丰富的非物质文化遗产，如宜川剪纸、宜川猪肉苦勒制作技艺、宜川稠酒制作技艺等。

017

白马湖

七月十四日，北平
原载 1929 年 11 月 1 日《清华周刊》第 32 卷第 3 期

  今天是个下雨的日子。这使我想起了白马湖；因为我第一回到白马湖，正是微风飘萧的春日。

  白马湖在甬绍铁道的驿亭站，是个极小极小的乡下地方。在北方说起这个名字，管保一百个人一百个人不知道。但那却是一个不坏的地方。这名字先就是一个不坏的名字。据说从前（宋时？）有个姓周的骑白马入湖仙去，所以有这个名字。这个故事也是一个不坏的故事。假使你乐意搜集，或也可编成一本小书，交北新书局印去。

知识速递：

飘萧：表示风的吹动声，有一种悠扬、悦耳的感觉。

白马湖并非圆圆的或方方的一个湖，如你所想到的，这是曲曲折折大大小小许多湖的总名。湖水清极了，如你所能想到的，一点儿不含糊，像镜子。沿铁路的水，再没有比这里清的，这是公论。遇到旱年的夏季，别处湖里都长了草，这里却还是一清如故。白马湖最大的，也是最好的一个，便是我们住过的屋的门前那一个。那个湖不算小，但湖口让两面的山包抄住了。外面只见微微的碧波而已，想不到有那么大的一片。

湖的尽里头，有一个三四十户人家的村落，叫做西徐岙，因为姓徐的多。这村落与外面本是不相通的，村里人要出来得撑船。后来春晖中学在湖边造了房子，这才造了两座玲珑的小木桥，筑起一道煤屑路，直通到驿亭车站。那是窄窄的一条人行路，蜿蜒曲折的，路上虽常不见人，走起来却不见寂寞。尤其在微雨的春天，一个初到的来客，他左顾右盼，是只有觉得热闹的。

春晖中学在湖的最胜处，我们住过的屋也相去不远，是半西式。湖光山色从门里从墙头进来，到我们窗前、桌上。我们几家接连着；丏翁的家最讲究。屋里有名人字画，有古瓷，有铜佛，院子里满种着花。屋子里的陈设又常常变换，给人新鲜的受用。他有这样好的屋子，又是好客如命，我们便不时地上他家里喝老酒。丏翁夫人的烹调也极好，每回总是满满的盘碗拿出来，空空的收回去。

白马湖最好的时候是黄昏。湖上的山笼着一层青色的薄雾，在水里映着参差的模糊的影子。水光微微地暗淡，像是一面古铜镜。轻风吹来，有一两缕波纹，但随即平静了。天上偶见几只归鸟，我们看着它们越飞越远，直到不见为止。这个时候便是我们喝酒的时候。我们说话很少；上了灯话才多些，但大家都已微有醉意，是该回家的时候了。若有月光也许还得徘徊一会；若是黑夜，便在暗里摸索醉着回去。

知识速递：

岙 (ào)：浙江、福建等沿海一带称山间平地，多用于地名。

　　白马湖的春日自然最好。山是青得要滴下来，水是满满的、软软的。小马路的两边，一株间一株地种着小桃与杨柳。小桃上各缀着几朵重瓣的红花，像夜空的疏星。杨柳在暖风里不住地摇曳。在这路上走着，时而听见锐而长的火车的笛声是别有风味的。在春天，不论是晴是雨，是月夜是黑夜，白马湖都好。——雨中田里菜花的颜色最早鲜艳；黑夜虽什么不见，但可静静地受用春天的力量。

　　夏夜也有好处，有月时可以在湖里划小船，四面满是青霭。船上望别的村庄，像是蜃楼海市，浮在水上，迷离惝恍的；有时听见人声或犬吠，大有世外之感。若没有月呢，便在田野里看萤火。那萤火不是一星半点的，如你们在城中所见；那是成千成百的萤火。一片儿飞出来，像金线网似的，又像耍着许多火绳似的。只有一层使我愤恨。那里水田多，蚊子太多，而且几乎全闪闪烁烁是疟蚊子。我们一家都染了疟疾，至今三四年了，还有未断根的。蚊子多足以减少露坐夜谈或划船夜游的兴致，这未免是美中不足了。

　　离开白马湖是三年前的一个冬日。前一晚"别筵"上，有丏翁与云君。我不能忘记丏翁，那是一个真挚豪爽的朋友。但我也不能忘记云君，我应该这样说，那是一个可爱的——孩子。

知识速递：

青霭：指云气。因其色紫，故称。

蜃楼海市：同"海市蜃楼"，即平静的海面、大江江面、湖面、雪原、沙漠或戈壁等地方，偶尔会在空中或"地下"出现高大楼台、城郭、树木等幻景。

惝恍：模糊不清；恍惚。

疟(nüè)疾：是经受感染的蚊虫叮咬或输入带疟原虫者的血液而感染疟原虫所引起的虫媒传染病。主要表现为周期性规律发作，全身发冷、发热、多汗，长期多次发作后，可引起贫血和脾肿大。

别筵(yán)：饯别的筵席。

田老师讲：

1924年春到1925年夏，朱自清应夏丏尊之邀来到白马湖畔的春晖中学任国文教员，其间兼任宁波浙江省立第四中学国文教员，两地奔波。1924年10月他将家眷迁到马白湖，与夏丏尊做了邻居，两家人其乐融融。在这里，他认识了丰子恺和朱光潜，也在白马湖畔形成了一个重要的文艺圈子。

白马湖是一个很小的地方，但给朱自清留下了深刻的印象。主要是白马湖清静幽雅的景色以及与丏翁等朋友的和谐相处，使朱自清对这个地方难以忘怀，以至几年后仍念念不忘。

朱自清重点写了春夏两个季节的特点。在春季，山青，水满而软，桃柳相间，菜花鲜艳，可以说是别有风味的。在夏季，人们可以在湖里划船，感受世外之感；可以看成百上千的萤火闪烁。所以，白马湖总体上的景观是：水清、满、软，山青、艳，桃柳相间，薄雾朦胧，萤火闪闪，色彩斑斓，清静幽雅。结尾又一次写白马湖令人难忘的地方，景固然是一方面，但更重要的还是人，这样的结尾简洁，让人思索。

拓展阅读

白马湖的地理位置

白马湖位于绍兴市上虞区，是一个自然环境优美、湖光山色相映成趣的湖泊。白马湖湖泊呈狭长状，因形状像马而得名白马湖，正常水位下容积达到130万立方米，水域面积广阔。白马湖三面环山，环境恬适，是一个远离尘嚣的世外桃源。

历史发展

根据《上虞五乡水利本末》记载，白马湖在东汉时已形成，历经变迁。北宋曾一度"废湖为田"，元代部分恢复，明代又经历"屡废屡复"，围湖造田持续不断，至今湖上仍有田地。自形成以来，白马湖便承担着调蓄河湖、灌溉农田的重任，同时渔业资源丰富。有诗《夜过白马湖》描绘其渔业景象："春水满湖芦苇青，鲤鱼吹浪水风腥。舟行未见初更月，一点渔灯落远汀。"

丰子恺白马湖畔作品

某次,白马湖畔友人聚会,饮酒闲聊,直到后半夜新月上天,友人散尽,子恺作漫画一幅,名曰:《人散后,一钩新月天如水》。朱自清将这幅画发表在他与俞平伯合办的不定期刊物《我们的七月》上,这是丰子恺简笔画首次正式公开发表。

白马湖"学术圈"

绍兴白马湖畔的春晖中学,自1908年创办以来,汇聚了众多文化巨匠。经亨颐、夏丏尊、朱自清、丰子恺等学者都曾在此执教,他们以渊博学识和非凡成就,为春晖注入了新的精神风貌。尽管历经风潮与变迁,春晖中学仍保留其独特的教育传统与学术氛围。今日,校园内一字楼、科学馆等建筑依旧矗立,长廊相连,诉说着往昔故事。经亨颐的"长松山房"、丰子恺的"小杨柳屋"等故居亦保存完好,它们不仅是历史的见证,更是春晖精神的传承。

春晖中学的历史,是一段关于教育、关于文化、关于精神的传奇。它告诉我们,只有真正热爱教育、尊重知识、追求真理的人,才能创造出如此辉煌的成就。而春晖中学的精神,也将永远激励着后来者不断前行,为中国的教育事业贡献自己的力量。

扬州的夏日

原载 1929 年 12 月 11 日《白华旬刊》第 4 期

扬州从隋炀帝以来，是诗人文士所称道的地方；称道的多了，称道得久了，一般人便也随声附和起来。直到现在，你若向人提起扬州这个名字，他会点头或摇头说："好地方！好地方！"特别是没去过扬州而念过些唐诗的人，在他心里，扬州真像蜃楼海市一般美丽；他若念过《扬州画舫录》一类书，那更了不得了。

知识速递：

《扬州画舫录》：是李斗历时 30 年写就的扬州奇书，被尊为迄今为止最权威最全面的扬州百科全书。此书内容丰赡、包容极广，涵盖城池水系沿革、山川园林、寺观庙坛、市肆文物，备载风物掌故。此书是清代鼎盛时期扬州文明的实录。

但在一个久住扬州像我的人,他却没有那么多美丽的幻想,他的憎恶也许掩住了他的爱好;他也许离开了三四年并不去想它。若是想呢,——你说他想什么?女人;不错,这似乎也有名,但怕不是现在的女人吧?——他也只会想着扬州的夏日,虽然与女人仍然不无关系的。

北方和南方一个大不同,在我看,就是北方无水而南方有。诚然,北方今年大雨,永定河,大清河甚至决了堤防,但这并不能算是有水;北平的三海和颐和园虽然有点儿水,但太平衍了,一览而尽,船又那么笨头笨脑的。有水的仍然是南方。

扬州的夏日,好处大半便在水上——有人称为"瘦西湖",这个名字真是太"瘦"了,假西湖之名以行,"雅得这样俗",老实说,我是不喜欢的。下船的地方便是护城河,曼衍开去,曲曲折折,直到平山堂,——这是你们熟悉的名字——有七八里河道,还有许多杈杈桠桠的支流。这条河其实也没有顶大的好处,只是曲折而有些幽静,和别处不同。

知识速递:

平衍:是指平坦广宽。

曼衍:指散漫流衍,延伸变化。

沿河最著名的风景是小金山,法海寺,五亭桥;最远的便是平山堂了。

金山你们是知道的,小金山却在水中央。在那里望水最好,看月自然也不错——可是我还不曾有过那样福气。"下河"的人十之九是到这儿的,人不免太多些。

法海寺有一个塔，和北海的一样，据说是乾隆皇帝下江南，盐商们连夜督促匠人造成的。法海寺著名的自然是这个塔；但还有一桩，你们猜不着，是红烧猪头。夏天吃红烧猪头，在理论上也许不甚相宜；可是在实际上，挥汗吃着，倒也不坏的。

五亭桥如名字所示，是五个亭子的桥。桥是拱形，中一亭最高，两边四亭，参差相称；最宜远看，或看影子，也好。桥洞颇多，乘小船穿来穿去，另有风味。

平山堂在蜀冈上。登堂可见江南诸山淡淡的轮廓；山色有无中，一句话，我看是恰到好处，并不算错。这里游人较少，闲坐在堂上，可以咏日。沿路光景，也以闲寂胜。从天宁门或北门下船。蜿蜒的城墙，在水里倒映着苍黝的影子，小船悠然地撑过去，岸上的喧扰像没有似的。

船有三种：大船专供宴游之用，可以打牌。小时候常跟了父亲去，在船里听着谋得利洋行的唱片。现在这样乘船的大概少了吧？其次是"小划子"像一瓣西瓜，由一个男人或女人用竹篙撑着。乘的人多了，便可雇两只，前后用小凳子跨着：这也可算得"方舟"了。

后来又有一种"洋划"，比大船小，比"小划子"大，上支布篷，可以遮日遮雨。"洋划"渐渐地多，大船渐渐地少，然而"小划子"总是有人要的。这不独因为价钱最贱，也因为它的伶俐。一个人坐在船中，让一个人站在船尾上用竹篙一下一下地撑着，简直是一首唐诗，或一幅山水画。而有些好事的少年，愿意自己撑船，也非"小划子"不行。"小划子"虽然便宜，却也有些分别。譬如说，你们也可想到的，女人撑船总要贵些；姑娘撑的自然更要贵啰。这些撑船的女子，便是有人说过的瘦西湖上的船娘。船娘们的故事大概不少，但我不很知道。据说以乱头粗服，风趣天然为胜；中年而有风趣，也仍然算好。可是起初原是逢场作戏，或尚不伤廉惠；以后居然有了价格，便觉意味索然了。

北门外一带，叫做下街，"茶馆"最多，往往一面临河。船行过时，茶客与乘客可以随便招呼说话。船上人若高兴时，也可以向茶馆中要一壶茶，或一两种"小笼点心"，在河中喝着，吃着，谈着。回来时再将茶壶和所谓小笼，连价款一并交给茶馆中人。撑船的都与茶馆相熟，他们不怕你白吃。

扬州的小笼点心实在不错：我离开扬州，也走过七八处大大小小的地方，还没有吃过那样好的点心；这其实是值得惦记的。茶馆的地方大致总好，名字也颇有好的。如香影廊、绿杨村、红叶山庄，都是到现在还记得的。绿杨村的幌子，挂在绿杨树上，随风飘展，使人想起"绿杨城郭是扬州"的名句。里面还有小池、丛竹、茅亭，景物最幽。这一带的茶馆布置都历落有致，迥非上海，北平方方正正的茶楼可比。

"下河"总是下午。傍晚回来，在暮霭朦胧中上了岸，将大褂折好搭在腕上，一手微微摇着扇子；这样进了北门或天宁门走回家中。这时候可以念"又得浮生半日闲"那一句诗了。

知识速递：

暮霭：黄昏时的云雾。

浮生半日闲：出自唐代李涉的《题鹤林寺僧舍》："因过竹院逢僧话，偷得浮生半日闲。"指在纷扰的世事中得到片刻的清闲。

题鹤林寺僧舍

唐·李涉

终日昏昏醉梦间，忽闻春尽强登山。
因过竹院逢僧话，偷得浮生半日闲。

田老师讲：

这篇游记详尽展现了朱自清眼中扬州夏日的风土人情，它让读者在阅读时仿若亲历其中，甚至会在不知不觉间爱上一个叫扬州的地方。

作者所写的扬州，实际上是他曾久居十余年的第二故乡。朱自清先生的一生，从来没有在一个地方住过这么久的时间。因此，他写扬州，不像写别的地方，如南京之秦淮河，如欧洲的罗马古城，伦敦书铺那样有"异域感"。

这篇简洁的随笔，我觉得可以看作是朱自清一生漂泊心态的一个审美符号。作品在悠然舒徐、洒脱自然的笔调中写出扬州之水富于情韵的美感，语言清新畅达，表达了作者对扬州夏日的独特情感。作品从一开始就透露出作者的理性精神和审美观，而这也是他观察和感受生活的一贯态度。

拓展阅读

西湖与瘦西湖

西湖与瘦西湖虽然名字相似，但实际上是两个不同的景区，分别位于中国的不同城市，各自拥有独特的自然风光和历史文化。

西湖，又名钱塘湖，坐落于中国浙江省杭州市，以其秀美的山水风光、深厚的文化底蕴和重要的生态价值而著称。作为江南三大名湖之一，西湖不仅以其"西湖十景"等自然景观闻名遐迩，还承载着丰富的历史与文化内涵，如岳王庙、灵隐寺等古迹，以及历代文人墨客的诗词歌赋。同时，作为灌溉济运的重要水库，西湖对杭州市的防洪、供水等方面也具有不可替代的作用。

瘦西湖原名保障湖，位于江苏省扬州市城西北郊，全长4.3千米，是京杭大运河扬州段的支流，是由隋、唐、五代、宋、元、明、清等不同朝代的城濠连接而成的景观，呈带状，与大运河有着水源相通的关系。瘦西湖是国家AAAAA级旅游景区，以其独特的园林风光和丰富的历史文化而闻名，拥有如二十四桥、荷花池、钓鱼台、五亭桥等著名景点，有"园林之盛，甲于天下"之誉，并在2014年被列入了《世界遗产名录》。

瘦西湖

小金山

小金山，原名长春岭，是扬州瘦西湖二十四景之一，为瘦西湖中一小岛，建于清代中叶。传说当时扬州豪绅为了打通瘦西湖至大明寺的水上通道，在瘦西湖之西北开挖了莲花埂新河，挖河的土堆成了一座小山，这就是今天的小金山。

关于"小金山"的名字，还有着一段来历：说是有一回扬州和镇江的两个和尚闲聊，镇江和尚说："青山也厌扬州俗，多少峰峦不过江。"扬州的和尚当然不同意这种说法，于是两人就下棋打赌。结果扬州的和尚棋高一着，此景定名"小金山"，并在庭中挂了这样一副对联："弹指皆空，玉局可曾留带去；如拳不大，金山也肯过江来。"只用了一个"小"字，就把镇江的"金山"引渡过来了。

"枯木逢春"

潭柘寺戒坛寺

1934 年 8 月 3 日作
原载 1934 年 8 月 6 日《清华暑期周刊》第 9 卷第 3、4 期合刊

    早就知道潭柘(zhè)寺,戒坛寺。在商务印书馆的《北平指南》上见过潭柘的铜图,小小的一块,模模糊糊的,看了一点没有想去的意思。后来不断地听人说起这两座庙;有时候说路上不平静,有时候说路上红叶好。说红叶好的劝我秋天去;但也有人劝我夏天去。

    有一回骑驴上八大处,赶驴的问逛过潭柘没有,我说没有。他说潭柘风景好,那儿满是老道,他去过,离八大处七八十里地,坐轿骑驴都成。我不大喜欢老道的装束,尤其是那满蓄着的长头发,看上去罗里罗唆,龌里龌龊的。更不想骑驴走七八十里地,因为我知道驴子与我都受不了。

    真打动我的倒是"潭柘寺"这个名字。不懂不是?就是不懂的妙。躲懒的人念成"潭拓寺",那更莫名其妙了。这怕是中国文法的花样;要是来个欧化,说是"潭和柘的寺",那就用不着咬嚼或吟味了。还有在一部诗话里看见近人咏戒坛松的七古,诗腾挪夭矫,想来松也如此。所以去。但是在夏秋之前的春天,而且是早春;北平的早春是没有花的。

知识速递：

龌龊 (wò chuò)：不干净；脏。

夭矫：形容姿态的伸展屈曲而有气势。

  这才认真打听去过的人。有的说住潭柘好，有的说住戒坛好。有的人说路太难走，走到了筋疲力尽，再没兴致玩儿；有人说走路有意思。又有人说，去时坐了轿子，半路上前后两个轿夫吵起来，把轿子搁下，直说不抬了。于是心中暗自决定，不坐轿，也不走路；取中道，骑驴子。又按普通说法，总是潭柘寺在前，戒坛寺在后，想着戒坛寺一定远些；于是决定住潭柘，因为一天回不来，必得住。门头沟下车时，想着人多，怕雇不着许多驴，但是并不然——雇驴的时候，才知道戒坛去便宜一半，那就是说近一半。这时候自己忽然逞起能来，要走路。走吧。

  一段路可够瞧的。像是河床，怎么也挑不出没有石子的地方，脚底下老是绊来绊去的，教人心烦。又没有树木，甚至于没有一根草。这一带原有煤窑，拉煤的大车往来不绝，尘土里饱和着煤屑，变成黯淡的深灰色，教人看了透不出气来。走一点钟光景，自己觉得已经有点办不了，怕没有走到便筋疲力尽；幸而山上下来一条驴，如获至宝似地雇下，骑上去。

  这一天东风特别大。平常骑驴就不稳，风一大真是祸不单行。山上东西都有路，很窄，下面是斜坡；本来从西边走，驴夫看风势太猛，将驴拉上东路。就这么着，有一回还几乎让风将驴吹倒；若走西边，没有

戒台寺

准儿会驴我同归哪。想起从前人画风雪骑驴图，极是雅事；大概那不是上潭柘寺去的。驴背上照例该有些诗意，但是我，下有驴子，上有帽子眼镜，都要照管；又有迎风下泪的毛病，常要掏手巾擦干。当其时真恨不得生出第三只手来才好。

　　东边山峰渐起，风是过不来了；可是驴也骑不得了，说是坎儿多。坎儿可真多。这时候精神倒好起来了：崎岖的路正可以练腰脚，处处要眼到心到脚到，不像平地上。人多更有点竞赛的心理，总想走上最前头去，再则这儿的山势虽然说不上险，可是突兀，丑怪，巉(chán)刻的地方有的是。我们说这才有点儿山的意思；老像八大处那样，真教人气闷闷的。于是一直走到潭柘寺后门；这段坎儿路比风里走过的长一半，小驴毫无用处，驴夫说："咳，这不过给您做个伴儿！"

　　墙外先看见竹子，且不想进去。又密，又粗，虽然不够绿。北平看竹子，真不易。又想到八大处了，大悲庵殿前那一溜儿，薄得可怜，细得也可怜，比起这儿，真是小巫见大巫了。进去过一道角门，门旁突然亭亭地蠹立着两竿粗竹子，在墙上紧紧地挨著；要用批文章的成语，这两竿竹子足称得起"天外飞来之笔"。

正殿屋角上两座琉璃瓦的鸱（chī）吻，在台阶下看，值得徘徊一下。神话说殿基本是青龙潭，一夕风雨，顿成平地，涌出两鸱吻。只可惜现在的两座太新鲜，与神话的朦胧幽秘的境界不相称。但是还值得看，为的是大得好，在太阳里嫩黄得好，闪亮得好；那拴着的四条黄铜链子也映衬得好。

寺里殿很多，层层折折高上去，走起来已经不平凡，每殿大小又不一样，塑像摆设也各出心裁。看完了，还觉得无穷无尽似的。正殿下延清阁是待客的地方，远处群山像屏障似的。屋子结构甚巧，穿来穿去，不知有多少间，好像一所大宅子。可惜尘封不扫，我们住不着。话说回来，这种屋子原也不是预备给我们这么多人挤着住的。

寺门前一道深沟，上有石桥；那时没有水，若是现在去，倚在桥上听潺潺的水声，倒也可以忘我忘世。过桥四株马尾松，枝枝覆盖，叶叶交通，另成一个境界。西边小山上有个古观音洞。洞无可看，但上去时在山坡上看潭柘的侧面，宛如仇十洲的《仙山楼阁图》；往下看是陡峭的沟岸，越显得深深无极，潭柘简直有海上蓬莱的意味了。

寺以泉水著名，到处有石槽引水长流，倒也涓涓可爱。只是流觞亭雅得那样俗，在石地上楞刻着蚯蚓般的槽；那样流觞，怕只有孩子们愿意干。现在兰亭的"流觞曲水"也和这儿的一鼻孔出气，不过规模大些。晚上因为带的铺盖薄，冻得睁着眼，却听了一夜的泉声；心里想要不冻着，这泉声够多清雅啊！寺里并无一个老道，但那几个和尚，满身铜臭，满眼势利，教人老不能忘记，倒也麻烦的。

035

近义词辨析：

(1) 矗立、屹立、耸立、伫立

矗立：高耸地立着。【例】电视发射塔～在山顶上。

屹立：像山峰一样高耸而稳固地立着，常用来形容坚定不可动摇。【例】人民英雄纪念碑～在天安门广场上。

耸立：高高地直立。【例】群山～。

伫立：长时间地站着。【例】凝神～。

(2) 潺潺、汩汩 (gǔ gǔ)、涓涓

潺潺：1. 指形容水流动的样子；2. 指流水声，3. 指形容雨声。

汩汩：1. 拟声词，形容波浪声；比喻文思勃发；形容水流动的声音或样子。2. 比喻文思源源不断或说话滔滔不绝。

涓涓：指细小的水流；形容细水缓流的样子。

知识速递：

流觞曲水：觞，古代酒器；曲水，弯曲的水道。把酒杯放在弯弯曲曲的水中顺水漂流，酒杯停在谁的面前，谁就取杯喝酒。此古代风俗，指夏历三月上旬的巳日在水边聚会宴饮，以祓除不祥。后形容春游宴会。

第二天清早,二十多人满雇了牲口,向戒坛而去,颇有浩浩荡荡之势。我的是一匹骡子,据说稳得多。这是第一回,高高兴兴骑上去。这一路要翻罗喉岭。只是土山,可是道儿窄,又曲折;虽不高,老那么凸凸凹凹的。许多处只容得一匹牲口过去。平心说,是险点儿。想起古来用兵,从间道袭敌人,许也是这种光景吧。

戒坛在半山上,山门是向东的。一进去就觉得平旷;南面只有一道低低的砖栏,下边是一片平原,平原尽处才是山,与众山屏蔽的潭柘气象便不同。进二门,更觉得空阔疏朗,仰看正殿前的平台,仿佛汪洋千顷。这平台东西很长,是戒坛最胜处,眼界最宽,教人想起"振衣千仞冈"的诗句。

三株名松都在这里。"卧龙松"与"抱塔松"同是偃仆的姿势,身躯奇伟,鳞甲苍然,有飞动之意。"九龙松"老干槎桠,如张牙舞爪一般。若在月光底下,森森然的松影当更有可看。此地最宜低徊流连,不是匆匆一览所可领略。

潭柘以层折胜,戒坛以开朗胜;但潭柘似乎更幽静些。戒坛的和尚,春风满面,却远胜于潭柘的;我们之中颇有悔不该住潭柘的。戒坛后山上也有个观音洞。洞宽大而深,大家点了火把嚷嚷闹闹地下去;半里光景的洞满是油烟,满是声音。洞里有石虎,石龟,上天梯,海眼等等,无非是凑凑人的热闹而已。

还是骑骡子。回到长辛店的时候,两条腿几乎不是我的了。

知识速递:

振衣千仞冈,濯足万里流(zhèn yī qiān rèn gāng zhuó zú wàn lǐ liú):出自魏晋左思的《咏史八首》。因都城生活龌龊,所以振衣高岗,濯足长流,以去尘杂污秽。此句表达了诗人想远离世俗、亲近自然的愿望,其意境开阔,情调高昂,展现出诗人高洁与豁达的人生态度。

偃仆(yǎn pū):仰而倒称偃,伏而覆为仆。

槎枒(chá yā):槎,树木的枝桠;枒,成叉状的树枝槎枒。指树木枝权歧出的样子。

田老师讲：

这篇文章朱自清作于 1934 年 8 月 3 日，整篇文章，造语平淡，但是平淡不是平泛、索然无味，而是洗净铅华后的平易清淡，"天然去雕饰"的自然闲雅；平淡中见意趣，见匠心，见奇妙。

他在文中描述了他游览这两座寺庙的经历。他提到了当时旅行的艰辛，为了第二天去戒坛寺，不得不在潭柘寺过夜，尽管天气寒冷，但他仍然被泉水声所感动。朱自清先生对潭柘寺和戒坛寺的不同之处进行了总结，认为潭柘寺以层折取胜，而戒坛寺则以开阔见长，但潭柘寺似乎更为幽静。

朱自清的文字不仅描绘了两座寺庙的自然美景和人文特色，还反映了他对于旅行体验的独特见解。

拓展阅读

潭柘寺

潭柘寺是京西古刹，虽历史上多次更名，但民间因寺后龙潭与山上柘树，始终称其为"潭柘寺"。寺庙坐北朝南，背靠宝珠峰，紫禁城中很多建筑也是根据潭柘寺而建的，相似度极高。该寺西北角的龙王殿前藏有"石鱼"，被视为四宝之一，相传触摸可祈福消灾。

潭柘寺

三株名松

卧龙松

抱塔松

九龙松

戒坛寺

戒坛寺（又称戒台寺）位于北京门头沟，拥有众多古树，特别是以其"十大奇松"闻名，这些松树中不乏宋辽古木，展现了千年的坚韧与秀美。"潭柘以泉胜，戒台以松名"，戒台寺以其独特的松树景观成为京城一绝，吸引着无数游客与信徒前来探访。

戒坛寺

佛教

佛教在中国的发展是一个漫长而复杂的过程，在每个阶段中，佛教都与中国传统文化和社会生活相互融合，形成了具有中国特色的佛教文化。

传入及发展过程

传入与初传：佛教在东汉初年传入中国，逐渐在中原地区传播开来，成为外来宗教文化的一部分。

传播与兴盛：三国至南北朝时期，佛教在中国广泛传播并兴盛，形成了多个流派，与中国文化深度融合。

鼎盛阶段：隋唐时期，佛教达到鼎盛，成为中国社会文化生活的重要组成部分，并产生了深远的影响。

融合与衰落：宋元明清时期，佛教逐渐融入中国传统文化，但也面临着挑战和衰落，但其文化价值仍被珍视。

当代佛教：在当代，中国佛教在宗教信仰自由政策下持续发展，既保持传统又不断创新，以适应现代社会的需求。

甘肃敦煌博物馆

南京毗卢寺

汉明帝与佛教的引入

据记载,东汉永平年间,汉明帝刘庄因夜梦金人,派遣使臣蔡愔、秦景等西行至天竺求法,成功引进佛教,史称"永平求法"。使臣带回佛经及印度高僧摄摩腾、竺法兰,他们在洛阳译出《四十二章经》,并传扬佛法。汉明帝特建白马寺,作为佛教在中国的首个官办寺庙,标志着佛教正式传入中国并受到官方认可。

甘肃敦煌壁画

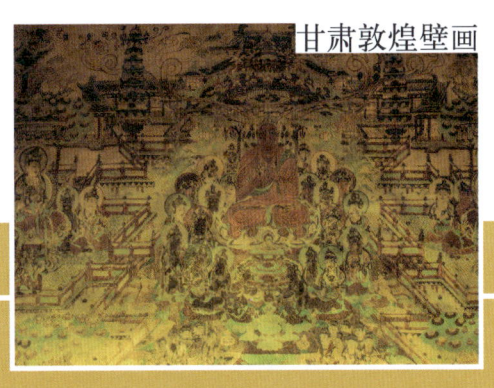

"南朝四百八十寺"

寺庙的兴建和数量受到多种因素的影响,包括政治、经济、文化等。从现有资料来看,南北朝和隋唐时期是佛教在中国发展的两个重要阶段,寺庙数量显著增加。

南朝时期,佛教在南方极为兴盛,尤以梁朝为甚,寺庙遍布,其中梁武帝大量兴建佛寺,推动了佛教文化的繁荣。据记载,梁朝佛寺多达数千所,都城南京尤为集中。唐代诗人杜牧的"南朝四百八十寺"生动描绘了这一盛况。至今,南京仍保留着如鸡鸣寺、栖霞寺等著名寺庙,它们不仅是历史的见证,也是佛教文化的重要载体。

江苏无锡灵山大佛

栖霞古寺近景

栖霞古寺远景

南京

1934 年 8 月 12 日作
原载于 1934 年 10 月 1 日《中学生》第 48 号

南京是值得留连的地方，虽然我只是来来去去，而且又都在夏天。也想夸说夸说，可惜知道的太少；现在所写的，只是一个旅行人的印象罢了。

逛南京像逛古董铺子，到处都有些时代侵蚀的遗痕。你可以摩挲，可以凭吊，可以悠然遐想；想到六朝的兴废，王谢的风流，秦淮的艳迹。这些也许只是老调子，不过经过自家一番体贴，便不同了。

所以我劝你上鸡鸣寺去，最好选一个微雨天或月夜。在朦胧里，才酝酿着那一缕幽幽的古味。你坐在一排明窗的豁蒙楼上，吃一碗茶，看面前苍然蜿蜒着的台城。台城外明净荒寒的玄武湖就像大涤子的画。豁蒙楼一排窗子安排得最有心思，让你看的一点不多，一点不少。寺后有一口灌园的井，可不是那陈后主和张丽华躲在一堆儿的"胭脂井"。那口胭脂并不在路边，得破费点工夫寻觅。井栏也不在井上；要看，得老远地上明故宫遗址的古物保存所去。

知识速递：

摩挲：用手抚摩。

凭吊：指对着遗迹、遗物、遗下的非物质文化遗产等感慨往古的人和事。

大涤子（1642－1708年）：即石涛，明末清初著名画家。俗姓朱，明宗室靖江王朱赞仪十世孙，谱名若极，字石涛，别号大涤子、苦瓜和尚等。

胭脂井：胭脂井位于南京市玄武区玄武湖南侧、鸡鸣寺内，原名景阳井。据记载，隋兵南下灭亡陈朝时，隋朝大将韩擒虎在景阳宫的一口井中发现了藏身的陈后主与张丽华、孔贵嫔。

近义词辨析：

遐想：超越现实做高远的想象。

联想：是由某一事物或现象想到与它相似的其他事物或现象，进而产生某种新设想。

畅想：敞开思路、毫无拘束地想象。

从寺后的园地，拣着路上台城；没有垛子，真像平台一样。踏在茸茸的草上，说不出的静。夏天白昼有成群的黑蝴蝶，在微风里飞；这些黑蝴蝶上下旋转地飞，远看像一根粗的圆柱子。城上可以望南京的每一角。这时候若有个熟悉历代形势的人，给你指点，隋兵是从这角进来的，湘军是从那角进来的，你可以想象异样装束的队伍，打着异样的旗帜，拿着异样的武器，汹汹涌涌地进来，远远仿佛还有哭喊之声。假如你记得一些金陵怀古的诗词，趁这时候暗诵几回，也可印证印证，许更能领略作者当日的情思。

从前可以从台城爬出去，在玄武湖边；若是月夜，两三个人，两三个零落的影子，歪歪斜斜地挪移下去，够多好。现在可不成了，得出寺，下山，绕着大弯儿出城。七八年前，湖里几乎长满了苇子，一味地荒寒，虽有好月光，也不大能照到水上；船又窄，又小，又漏，教人逛着愁着。

这几年大不同了，一出城，看见湖，就有烟水苍茫之意；船也大多了，有藤椅子可以躺着。水中岸上都光光的；亏得湖里有五个洲子点缀着，不然便一览无余了。这里的水是白的，又有波澜，俨然长江大河的气势，与西湖的静绿不同，最宜于看月，一片空蒙，无边无界。若在微醺之后，迎着小风，似睡非睡地躺在藤椅上，听着船底汩汩的波响与不知何方来的箫声，真会教你忘却身在哪里。五个洲子似乎都局促无可看，但长堤宛转相通，却值得走走。湖上的樱桃最出名。据说樱桃熟时，游人在树下现买，现摘，现吃，谈着笑着，多热闹的。

清凉山在一个角落里，似乎人迹不多。扫叶楼的安排与豁蒙楼相仿佛，但窗外的景象不同。这里是滴绿的山环抱着，山下一片滴绿的树；那绿色真是扑到人眉宇上来。若许我再用画来比，这怕像王石谷的手笔了。在豁蒙楼上不容易坐得久，你至少要上台城去看看。在扫叶楼上却不想走；窗外的光景好像满为这座楼而设，一上楼便什么都有了。夏天去确有一股"清凉"味。这里与豁蒙楼全有素面吃，又可口，又贱。

知识速递：

王石谷（1632—1717年）：王翚(huī)，字石谷，清代初期著名画家，被誉为"清初画圣"。他早期画风清丽工秀，晚期则倾向于苍茫浑厚。章法富于变化，水墨与浅绛渲染得法。

莫愁湖在华严庵里。湖不大，又不能泛舟，夏天却有荷花荷叶。临湖一带屋子，凭栏眺望，也颇有远情。莫愁小像，在胜棋楼下，不知谁画的，大约不很古吧；但脸子开得秀逸之至，衣褶也柔活之至，大有"挥袖凌虚翔"的意思；若让我题，我将毫不踌躇地写上"仙乎仙乎"四字。另有石刻的画像，也在这里，想来许是那一幅画所从出；但生气反而差得多。

这里虽也临湖，因为屋子深，显得阴暗些；可是古色古香，阴暗得好。诗文联语当然多，只记得王湘绮的半联云："莫轻他北地胭脂，看艇子初来，江南儿女无颜色。"气概很不错。所谓胜棋楼，相传是明太祖与徐达下棋，徐达胜了，太祖便赐给他这一所屋子。太祖那样人，居然也会做出这种雅事来了。

左手临湖的小阁却敞亮得多，也敞亮得好。有曾国藩画像，忘记是谁横题着"江天小阁坐人豪"一句。我喜欢这个题句，"江天"与"坐人豪"，景象阔大，使得这屋子更加开朗起来。

秦淮河我已另有记。但那文里所说的情形，现在已大变了。

从前读《桃花扇》《板桥杂记》一类书，颇有沧桑之感；现在想到自己十多年前身历的情形，怕也会有沧桑之感了。前年看见夫子庙前旧日的画舫，那样狼狈的样子，又在老万全酒栈看秦淮河水，差不多全黑了，加上巴掌大，透不出气的所谓秦淮小公园，简直有些厌恶，再别提做什么梦了。

贡院原也在秦淮河上，现在早拆得只剩一点儿了。民国五年父亲带我去看过，已经荒凉不堪，号舍里草都长满了。父亲曾经办过江南闱差，熟悉考场的情形，说来头头是道。他说考生入场时，都有送场的，人很多，门口闹嚷嚷的。天不亮就点名，搜夹带。大家都归号。似乎直到晚上，头场题才出来，写在灯牌上，由号军扛着在各号里走。所谓"号"，就是一条狭长的胡同，两旁排列着号舍，口儿上写着什么天字号，地字号等等的。每一号舍之大，恰好容一个人坐着；从前人说是像轿子，真不错。几天里吃饭，睡觉，做文章，都在这轿子里；坐的伏的各有一块硬板，如是而已。

官号稍好一些，是给达官贵人的子弟预备的，但得补褂朝珠地入场，那时是夏秋之交，天还热，也够受的。父亲又说，乡试时场外有兵巡逻，防备通关节。场内也竖起黑幡，叫鬼魂们有冤报冤，有仇报仇；我听到这里，有点毛骨悚然。现在贡院已变成碎石路；在路上走的人，怕很少想起这些事情的了吧？

知识速递：

闱差 (wéi chāi)：旧指办理有关科举考试事务的差事。

补褂朝珠：清朝正式官服和衣服上的装饰品。补褂，清朝官员的正式官服，青色贡缎制成的外褂，前后开衩，胸、背各绣一块方形的图案，文官绣鸟（如仙鹤、锦鸡、孔雀等），武官绣兽（如麒麟、狮子、豹等），随品级而异。朝珠，清朝官员挂在胸前的装饰品，同念珠差不多，用珊瑚、奇南木等物穿缀成环圈，每圈一百零八颗，文官五品以上才准许用。

明故宫只是一片瓦砾场，在斜阳里看，只感到李太白《忆秦娥》的"西风残照，汉家陵阙"二语的妙。午门还残存着，遥遥直对洪武门的城楼，有万千气象。古物保存所便在这里，可惜规模太小，陈列得也无甚次序。明孝陵道上的石人石马，虽然残缺零乱，还可见泱泱大风；享殿并不巍峨，只陵下的隧道，阴森袭人，夏天在里面待着，凉风沁人肌骨。这陵大概是开国时草创的规模，所以简朴得很；比起长陵，差得真太远了。然而简朴得好。

知识速递：

瓦砾：破碎的砖头瓦片。亦以形容荒废颓败的景象。

泱泱大风：指气魄宏大的大国风度。

巍峨：形容山或建筑物高大而雄伟。

忆秦娥

唐·李白

箫声咽，秦娥梦断秦楼月。
秦楼月，年年柳色，灞陵伤别。
乐游原上清秋节，咸阳古道音尘绝。
音尘绝，西风残照，汉家陵阙。

雨花台的石子，人人皆知；但现在怕也捡不着什么了。那地方毫无可看。记得刘后村的诗云："昔年讲师何处在，高台犹以'雨花'名。有时宝向泥寻得，一片山无草敢生。"我所感的至多也只如此。还有，前些年南京枪决囚人都在雨花台下，所以洋车夫遇见别的车夫和他争先时，常说，"忙什么！赶雨花台去！"这和从前北京车夫说"赶菜市口儿"一样。现在时移势异，这种话渐渐听不见了。

燕子矶在长江里看，一片绝壁，危亭翼然，的确惊心动魄。但到了上边，逼窄污秽，毫无可以盘桓之处。燕山十二洞，去过三个。只三台洞层层折折，由幽入明，别有匠心，可是也年久失修了。

南京贡院

　　南京的新名胜，不用说，首推中山陵。中山陵全用青白两色，以象征青天白日，与帝王陵寝用红墙黄瓦的不同。假如红墙黄瓦有富贵气，那青琉璃瓦的享堂，青琉璃瓦的碑亭却有名贵气。从陵门上享堂，白石台阶不知多少级，但爬得够累的；然而你远看，决想不到会有这么多的台阶儿。这是设计的妙处。德国波慈达姆无愁宫前的石阶，也同此妙。享堂进去也不小；可是远处看，简直小得可以，和那白石的飞阶不相称，一点儿压不住，仿佛高个儿戴着小尖帽。近处山角里一座阵亡将士纪念塔，粗粗的，矮矮的，正当着一个青青的小山峰，让两边儿的山紧紧抱着，静极，稳极。——谭墓没去过,听说颇有点丘壑。中央运动场也在中山陵近处,全仿外洋的样子。全国运动会时,也不知有多少照相与描写登在报上;现在是时髦的游泳的地方。

若要看旧书,可以上江苏省立图书馆去。这在汉西门龙蟠里,也是一个角落里。这原是江南图书馆,以丁丙的善本书室藏书为底子;词曲的书特别多。此外中央大学图书馆近年来也颇有不少书。中央大学是个散步的好地方。宽大,干净,有树木;黄昏时去兜一个或大或小的圈儿,最有意思。后面有个梅庵,是那会写字的清道人的遗迹。这里只是随宜地用树枝搭成的小小的屋子。庵前有一株六朝松,但据说实在是六朝桧;桧荫遮住了小院子,真是不染一尘。

南京茶馆里干丝很为人所称道。但这些人必没有到过镇江,扬州,那儿的干丝比南京细得多,又从来不那么甜。我倒是觉得芝麻烧饼好,一种长圆的,刚出炉,既香,且酥,又白,大概各茶馆都有。咸板鸭才是南京的名产,要热吃,也是香得好;肉要肥要厚,才有咬嚼。但南京人都说盐水鸭更好,大约取其嫩,其鲜;那是冷吃的,我可不知怎样,老觉得不大得劲儿。

田老师讲：

　　这篇散文朱自清以游客的视角来欣赏南京。他取了综合多次游历所得的一个印象，一路走一路讲，鸡鸣寺、台城、玄武湖、清凉山、莫愁湖、秦淮河、明故宫、雨花台乃至中山陵、图书馆都一一缀在了文章里，用"大珠小珠落玉盘"来形容也不为过。它们多是史迹，且少有过渡，却能统摄在"逛南京像逛古董铺子，到处都有些时代侵蚀的遗痕"这句话中，浸透着他"自家的一番体贴"。

　　还有那历史掌故、古典诗词恰到好处地嵌入，配合着或欣赏，或怅然的情绪，将他的主观感受移置进客观的景象之中，让南京成为朱自清的南京，而非其他人的南京。

　　而对南京名产的品评，也是立足于他的口味：干丝的切功和口味，芝麻烧饼的形色香酥以及出炉时间，板鸭、盐水鸭的吃法和嚼劲，他简直可以说是个老饕。

　　随着他的介绍，我们仿佛乘上了一叶扁舟，在他情感的湖面上微起微伏；又仿佛翻读历史的册页，随着他目光、情思所及之处时而微喜，时而微叹。

拓展阅读

南京中华门全景

一、历史沿革

南京，作为中国九大历史古都之一，其历史底蕴深厚，文化遗存丰富。

古代历史

(1) 六朝古都：南京有"六朝古都"之称，这六朝指的是东吴、东晋，以及南朝的宋、齐、梁、陈。这些朝代均以南京为国都，见证了南方政治、经济、文化的繁荣。

(2) 十朝都会：除了上述六朝，南京还是唐代以后"五代十国"中的南唐、明朝前期、太平天国以及中华民国国民政府的都城，因此也被誉为"十朝都会"。

近现代历史

(1) 民国时期：南京成为中华民国的首都，这一时期南京的城市建设和文化事业都得到了快速发展。

(2) 中华人民共和国成立后：南京作为江苏省的省会，继续在中国政治、经济、文化等领域发挥重要作用。

秦淮河

二、文化遗产

(1) **名胜古迹**：南京拥有众多历史遗迹和文化景观，如明孝陵、中山陵、夫子庙、秦淮河等，这些古迹见证了南京悠久的历史和灿烂的文化。

(2) **非物质文化遗产**：南京还保留着丰富的非物质文化遗产，如金陵刻经印刷技艺、南京云锦织造技艺等，这些技艺传承了南京人民的智慧和创造力。

三、现代发展

(1) **经济发展**：南京作为江苏省的省会城市，经济发展迅速，已经成为中国东部地区重要的中心城市之一。

(2) **科教中心**：南京是国家重要的科教中心之一，拥有众多高等院校和科研机构，为南京的经济社会发展提供了强大的智力支持。

南京在现代化建设中不断前行，成为一个充满活力和魅力的现代化大都市。

南京博物院

鸡鸣寺

鸡鸣寺，坐落于南京玄武区鸡笼山东麓，翠绿环抱，古韵悠长。始建于西晋，历经千七百载，被誉为"南朝第一寺"，曾是佛教文化中心，高僧云集，法音远播。今日漫步其间，古木参天，香火缭绕，仍能感受其历史沉淀与宗教魅力，是心灵寻静的绝佳之地。

南京玄武湖

莫愁湖

莫愁湖位于南京秦淮河西，是一座有着1500年悠久历史和丰富人文资源的江南古典名园，园内楼、轩、亭、榭错落有致，海棠相间，碧波照人。

莫愁湖是南京主城区内仅次于玄武湖的第二大湖泊，有着"江南第一名湖"的美誉。

相传南齐时洛阳少女莫愁曾居湖滨，因而得名。关于莫愁女的传说和诗词非常丰富，一代代流传至今。

莫愁湖

明故宫

　　明故宫，又称南京故宫，明朝开国皇帝朱元璋所建，历经洪武、建文、永乐三位皇帝，是明朝初期皇权统治的中心，由皇城和宫城两部分组成，合称皇宫，是中世纪世界规模最大的宫殿建筑群，被称为"世界第一宫殿"。

　　南京故宫开创了皇宫自南而北中轴线与全城轴线重合的模式，是中国宫殿建筑的集大成者，是遵循礼制秩序的典范，其建筑形制为北京故宫所继承，是北京故宫的蓝本，明清官式建筑的母本。

　　现在的明故宫早已不复存在，经历了600多年的历史，保留下来的午门、东华门、西安门等遗址已经分布在南京城的各处，成为人们生活中的一部分。

南京中山陵

中山陵

中山陵，位于江苏省南京市玄武区紫金山南麓，是中国民主革命先行者孙中山先生的陵寝及其附属纪念建筑群。中山陵陵寝建筑中轴对称，有392级石阶和平台10个，全部用白色花岗岩和钢筋水泥构筑，覆以蓝色玻璃瓦。被誉为"中国近代建筑史上第一陵"。

南京云锦

南京云锦用料考究、织造精细、图案精美，在元、明、清三朝均为皇家御用品贡品，被专家称作是中国古代织锦工艺史上最后一座里程碑。2009年被列入《人类非物质文化遗产代表作名录》。

雨花台

　　雨花台的历史是一部厚重的革命史和文化史。它见证了南京乃至中国近现代历史的沧桑巨变，也承载了无数革命先烈的英勇事迹和崇高精神。今天的雨花台，已经成为一个集教育、旅游、休闲、娱乐为一体的多功能风景名胜区，吸引着来自世界各地的游客前来参观和学习。雨花石被称为"天赐国宝""中华一绝"，最早产于雨花台。南朝时期，相传高僧云光法师在雨花台上讲经说法，感动上苍，天降雨花，坠地成石。这个神话传说，不仅使雨花石上升为天赐神品，也赋予了它深厚的文化底蕴。雨花石文化由此发祥，进而受到越来越多人们的珍爱，成为金陵古都悠久历史文化的象征物。

雨花台烈士纪念碑

说扬州

1934 年 10 月 14 日作
原载 1934 年 11 月 20 日《人间世》第 16 期

在第十期上看到曹聚仁先生的《闲话扬州》，比那本出名的书有味多了。不过那本书将扬州说得太坏，曹先生又未免说得太好；也不是说得太好，他没有去过那里，所说的只是从诗赋中，历史上得来的印象。这些自然也是扬州的一面，不过已然过去，现在的扬州却不能再给我们那种美梦。

自己从七岁到扬州，一住十三年，才出来念书。家里是客籍，父亲又是在外省当差事的时候多，所以与当地贤豪长者并无来往。他们的雅事，如访胜、吟诗、赌酒、书画名家、烹调佳味，我那时全没有份，也全不在行。因此虽住了那么多年，并不能做扬州通，是很遗憾的。

记得的只是光复的时候，父亲正病着，让一个高等流氓凭了军政府的名字，敲了一竹杠；还有，在中学的几年里，眼见所谓"甩子团"横行无忌。"甩子"是扬州方言，有时候指那些"怯"的人，有时候指那些满不在乎的人。"甩子团"不用说是后一类；他们多数是绅宦家子弟，仗着家里或者"帮"里的势力，在各公共场所闹标劲，如看戏不买票，起哄等等，也有包揽词讼，调戏妇女的。更可怪的，大乡绅的仆人可以指挥警察区区长，可以大模大样招摇过市——这都是民国五六年的事，并非前清君主专制时代。自己当时血气方刚，看了一肚子气；可是人微言轻，也只好让那口气憋着罢了。

知识速递：

曹聚仁（1900—1972年），中国现代著名的作家、学者、记者和爱国文化人士。

敲了一竹杠：敲竹杠指利用他人的弱点或找借口来索取财物或抬高价格或利用别人的短处或不利地位，从中渔利。

绅宦：泛称官员。

标劲：谓摆阔气，讲排场。

词讼：诉讼。

人微言轻：指职位低，言论主张不被人重视。

从前扬州是个大地方，如曹先生那文所说。现在盐务不行了，简直就算个没"落儿"的小城。

可是一般人还忘其所以地要气派，自以为美，几乎不知天多高地多厚。这真是所谓"夜郎自大"了。扬州人有"扬虚子"的名字；这个"虚子"有两种意思，一是大惊小怪，二是以少报多，总而言之，不离乎虚张声势的毛病。他们还有个"扬盘"的名字，譬如东西买贵了，人家可以笑话你是"扬盘"；又如店家价钱要的太贵，你可以诘问他，"把我当扬盘看么？"盘是捧出来给别人看的，正好形容耍气派的扬州人。又有所谓"商派"，讥笑那些仿效盐商的奢侈生活的人，那更是气派中之气派了。但是这里只就一般情形说，刻苦诚笃的君子自然也有；我所敬爱的朋友中，便不缺乏扬州人。

知识速递：

盐务：指经管有关食盐的事务。

夜郎自大：原指国土很小的夜郎国王自以为大，比喻人不自量力，妄自尊大。

诘问：追问；责问。

提起扬州这地名，许多人想到的是出女人的地方。但是我长到那么大，从来不曾在街上见过一个出色的女人，也许那时女人还少出街吧？那个"出"字就和出羊毛，出苹果的"出"字一样。《陶庵梦忆》里有"扬州瘦马"一节，就记的这类事；但是我毫无所知。不过纳妾的风气渐渐衰了，"出女人"那句话怕迟早会失掉意义的吧。

另有许多人想，扬州是吃得好的地方。这个保你没错儿。北平寻常提到江苏菜，总想着是甜甜的腻腻的。现在有了淮扬菜，才知道江苏菜也有不甜的；但还以为油重，和山东菜的清淡不同。其实真正油重的是镇江菜，上桌子常教你腻得无可奈何。扬州菜若是让盐商家的厨子做起来，虽不到山东菜的清淡，却也滋润，利落，决不腻嘴腻舌。不但味道鲜美，颜色也清丽悦目。扬州又以面馆著名。好在汤味醇美，是所谓白汤，由种种出汤的东西如鸡鸭鱼肉等熬成，好在它的厚，和啖熊掌一般。也有清汤，就是一味鸡汤，倒并不出奇。内行的人吃面要"大煮"；普通将面挑在碗里，浇上汤，"大煮"是将面在汤里煮一会，更能入味些。

知识速递：

《陶庵梦忆》：明末清初散文家张岱所著的散文集。该书共八卷，其中所记大多是作者亲身经历过的杂事，将种种世相展现在人们面前。

啖：指吃，咬着吃硬的或囫囵吞整的食物。

扬州最著名的是茶馆；早上去下午去都是满满的。吃的花样最多。坐定了沏上茶，便有卖零碎的来兜揽，手臂上挽着一个黯淡的柳条筐，筐子里摆满了一些小蒲包分放着瓜子花生炒盐豆之类。又有炒白果的，在担子上铁锅爆着白果，一片铲子的声音。得先告诉他，才给你炒。炒得壳子爆了，露出黄亮的仁儿，铲在铁丝罩里送过来，又热又香。

还有卖五香牛肉的，让他抓一些，摊在干荷叶上；叫茶房拿点好麻酱油来，拌上慢慢地吃，也可向卖零碎的买些白酒——扬州普通都喝白酒——喝着。这才叫茶房烫干丝。北平现在吃干丝，都是所谓煮干丝；那是很浓的，当菜很好，当点心却未必合式。烫干丝先将一大块方的白豆腐干飞快地切成薄片，再切为细丝，放在小碗里，用开水一浇，干丝便熟了；逼去了水，抟成圆锥似的，再倒上麻酱油，搁一撮虾米和干笋丝在尖儿，就成。说时迟，那时快，刚瞧着在切豆腐干，一眨眼已端来了。烫干丝就是清得好，不妨碍你吃别的。

接着该要小笼点心。北平淮扬馆子出卖的汤包，诚哉是好，在扬州却少见；那实在是淮阴的名字，扬州不该掠美。扬州的小笼点心，肉馅儿的，蟹肉馅儿的，笋肉馅儿的且不用说，最可口的是菜包子菜烧卖，还有干菜包子。菜选那最嫩的，剁成泥，加一点儿糖一点儿油，蒸得白生生的，热腾腾的，到口轻松地化去，留下一丝儿余味。干菜也是切碎，也是加一点儿糖和油，燥湿恰到好处；细细地咬嚼，可以嚼出一点橄榄般的回味来。

这么着每样吃点儿也并不太多。要是有饭局，还尽可以从容地去。但是要老资格的茶客才能这样有分寸；偶尔上一回茶馆的本地人外地人，却总忍不住狼吞虎咽，到了儿捧着肚子走出。

扬州游览以水为主，以船为主，已另有文记过，此处从略。城里城外古迹很多，如文选楼、天保城、雷塘、二十四桥等，却很少人留意；大家常去的只是史可法的"梅花岭"罢了。倘若有相当的假期，邀上两三个人去寻幽访古倒有意思；自然，得带点花生米，五香牛肉，白酒。

知识速递：

兜揽：招引，招揽。

抟(tuán)：指把东西捏聚成团。

掠美：指夺取他人的功绩、美名或财物。

史可法（1602—1645年），字宪之，号道邻，河南祥符（今河南省开封市）人，明末政治家、军事家、抗清名将。

田老师讲：

《说扬州》是朱自清先生继《扬州的夏日》之后写的另外一篇介绍扬州的文章。在这篇文章里，朱自清先生详细介绍了自己从七岁起，在扬州十三年的生活，让人对于扬州有了更为形象的认知。

朱自清先生在文中写了一些扬州的方言：比如"甩子""甩子团"大约就是北方人说的地痞流氓之类的人，"扬虚子"大约就是虚张声势的意思，"扬盘"大约就是我们说的不懂行容易被骗的人。

文章差不多一半都在写扬州的美食，让读者在文字中当了把"吃货"。尤其有一段写的是在茶馆吃各种各样的"花样"，看得人口水直流。

拓展阅读

扬州

　　扬州位于中国江苏省中部，是一座历史悠久、文化底蕴深厚的城市，其盐运的辉煌历史、扬州八怪的独特艺术风格、诗人留下的优美诗句以及丰富多样的美食文化等共同构成了扬州独特的魅力。

盐运

扬州在历史上曾是盐业和贸易的重镇，两淮盐运使衙门便是这一辉煌历史的见证。两淮盐运使衙门始建于顺治二年（1645年），是负责两江、两广等六个省的盐业和贸易的官府机构。盐税曾是清政府收入的主要来源，扬州盐运的繁荣在当时可见一斑。两淮盐运使衙门不仅在经济上具有重要意义，其建筑和文化价值也极为丰富，是中国大运河申遗的重要文化遗产点。

历史沿革

扬州，这座历史悠久的城市，是全国首批24座历史文化名城之一，拥有超过2500年的建城史。自吴王夫差十年（前486年）开邗沟、筑邗城以来，扬州便逐渐发展成为重要的政治、经济和文化中心。扬州地处长江与京杭大运河交汇处，地理位置独特，自然环境优越，自汉代至清代几乎经历了通史式的繁荣，并伴随着文化的兴盛。扬州不仅有着"淮左名都，竹西佳处"之称，还被誉为"中国运河第一城"。其境内的大运河扬州段已入选世界遗产名录，扬州也位列中国海上丝绸之路的重要节点。

扬州八怪

"扬州八怪"是中国清代中期活动于扬州地区的一批风格相近的书画家总称，关于扬州八怪的具体成员，说法不一，但较为公认的是金农、郑燮(xiè)、黄慎、李鱓、李方膺、汪士慎、罗聘、高翔八人。这八位画家大多出身贫寒，生活清苦，清高狂放，书画往往成为其抒发心胸志向、表达真情实感的媒介。他们的书画风格异于常人，不落俗套，有时含贬义，因此被称作"八怪"。他们的作品在后世产生了深远的影响，被许多画家所传承和借鉴。

关于扬州的诗词

忆扬州

唐·徐凝

萧娘脸薄难胜泪,桃叶眉尖易觉愁。
天下三分明月夜,二分无赖是扬州。

赏析:这首诗以女子的形象来比喻扬州,通过描绘女子的娇弱与愁绪,间接展现了扬州的柔美与多情。其中"天下三分明月夜,二分无赖是扬州"一句,更是成为千古名句,将扬州的月色之美推向了极致。

夜看扬州市

唐·王建

夜市千灯照碧云,高楼红袖客纷纷。
如今不似时平日,犹自笙歌彻晓闻。

赏析:这首诗描绘了扬州夜晚的繁华景象,夜市灯火辉煌,高楼红袖招展,笙歌彻夜不息。诗人通过对比昔日的繁华与今日的变化,表达了对扬州历史文化的感慨和留恋。

南京夫子庙

扬州美食

　　扬州是中国四大菜系之一淮扬菜的发源地，以其独特的烹饪技艺和丰富的菜品闻名。其中，扬州炒饭是江苏扬州的经典小吃，以其颗粒分明、色彩调和、口感鲜嫩滑爽而著称。此外，扬州还有烫干丝、扬州三丁包子、翡翠烧卖、千层油糕、黄桥烧饼、扬州灌汤包和扬州盐水鹅等传统美食。扬州的美食文化不仅满足了人们的味蕾享受，也成为扬州文化的一张重要名片。

园林艺术

扬州园林的造园艺术精湛，表现在园林院落的组合处理、园林建筑的设计理念、园林水景的独特处理以及园林山石的安排等方面。

个园：以竹林景观为主要特色，是扬州最著名的竹林之园。园内种植了大量形态各异的竹子，配以池塘、山石、小桥等元素，构成了一幅优美的自然画卷。个园的建筑风格也颇具特色，"个"字形窗户和"人"字形屋顶等设计元素都体现了江南园林的特点。

何园：扬州最具代表性的园林之一，其建筑风格独特，中西合璧，充满了历史的气息。园内布局以水景为主，水池、假山、亭台楼阁等元素相互映衬，给人一种宁静幽雅的感觉。

松堂游记

1935 年 5 月 7 日作
原载 1935 年 5 月 15 日《清华周刊》第 43 卷第 1 期

去年夏天，我们和 S 君夫妇在松堂住了三日。难得这三日的闲，我们约好了什么事不管，只玩儿，也带了两本书，却只是预备闲得真没办法时消消遣的。

出发的前夜，忽然雷雨大作。枕上颇为怅怅，难道天公这么不作美吗！第二天清早，一看却是个大晴天。上了车，一路树木带着宿雨，绿得发亮，地下只有一些水塘，没有一点尘土，行人也不多。又静，又干净。

想着到还早呢，过了红山头不远，车却停下了。两扇大红门紧闭着，门额是国立清华大学西山牧场。拍了一会门，没人出来，我们正在没奈何，一个过路的孩子说这门上了锁，得走旁门。旁门上挂着牌子，"内有恶犬"。小时候最怕狗，有点趑趄。门里有人出来，保护着进去，一面吆喝着汪汪的群犬，一面只是说，"不碍不碍"。过了两道小门，真是豁然开朗，别有天地。

一眼先是亭亭直上，又刚健又婀娜的白皮松。白皮松不算奇，多得好，你挤着我我挤着你也不算奇，疏得好。要像住宅的院子里，四角上各来上一棵，疏不是？谁爱看？这儿就是院子大得好，就是四方八面都来得好。中间便是松堂，原是一座石亭子改造的，这座亭子高大轩敞，对得起那四围的松树，大理石柱，大理石栏杆，都还好好的，白，滑，冷。白皮松没有多少影子，堂中明窗净几，坐下来清清楚楚觉得自己真太小。在这样高的屋顶下。树影子少，可不热，廊下端详那些松树灵秀的姿态，洁白的皮肤，隐隐的一丝儿凉意便袭上心头。

知识速递：

怅怅：失意惆怅貌。

趑趄 (zī jū)：想前进又不敢前进。形容疑惧不决，犹豫观望。

轩敞：指高大、宽敞的意思。

堂后一座假山，石头并不好，堆叠得还不算傻瓜。里头藏着个小洞，有神龛，石桌，石凳之类。可是外边看，不仔细看不出，得费点心去发现。假山上满可以爬过去，不顶容易，也不顶难。后山有座无梁殿，红墙，各色琉璃砖瓦，屋脊上三个瓶子，太阳里古艳照人。殿在半山，岿然独立，有俯视八极气象。天坛的无梁殿太小，南京灵谷寺的太黯淡，又都在平地上。山上还残留着些旧碉堡，是乾隆打金川时在西山练健锐云梯营用的，在阴雨天或斜阳中看最有味。又有座白玉石牌坊，和碧云寺塔院前那一座一般，不知怎样，前年春天倒下了，看着怪不好过的。

知识速递：

乾隆打金川：指乾隆朝平定四川大小金川叛乱，维护西南边疆稳定的两次大规模战役。10万清兵死磕28年，最后乾隆惨胜。

健锐云梯营：又称健锐营，是清代八旗禁卫军中一支具有特种部队性质的部队，成立于清乾隆年间，在清代平定大小和卓叛乱、近代抗击外国侵略等战斗中屡建战功。

  可惜我们来的还不是时候，晚饭后在廊下黑暗里等月亮，月亮老不上，我们什么都谈，又赌背诗词，有时也沉默一会儿。黑暗也有黑暗的好处，松树的长影子阴森森的有点像鬼物拿土。但是这么看的话，松堂的院子还差得远，白皮松也太秀气，我想起郭沫若君《夜步十里松原》那首诗，那才够阴森森的味儿——而且得独自一个人。好了，月亮上来了，却又让云遮去了一半，老远的躲在树缝里，像个乡下姑娘，羞答答的。从前人说："千呼万唤始出来，犹抱琵琶半遮面。"真有点儿！云越来越厚，由他罢，懒得去管了。可是想，若是一个秋夜，刮点西风也好。虽不是真松树，但那奔腾澎湃的"涛"声也该得听吧。

  西风自然是不会来的。临睡时，我们在堂中点上了两三支洋蜡。怯怯的焰子让大屋顶压着，喘不出气来。我们隔着烛光彼此相看，也像蒙着一层烟雾。外面是连天漫地一片黑，海似的。只有远近几声犬吠，教我们知道还在人间世里。

田老师讲：

朱自清是散文大家，更是谋篇布局的高手，从他的《松堂游记》就可见一斑，在这篇游记里，他采用了时空交错的构思技巧，使得整篇文章脉络清楚，布局井然。

朱自清先生写作时运用了典型的"移步换景"的写作手法，并设计了两条线索贯穿全文。一是时间线，按照出发的前夜——第二天清早——晚饭后——临睡前这样一个时间发展顺序来描写的。二是空间线，从大门口——院子、假山、后山——院子，这样一个由内到外的空间转换顺序。朱自清先生用这两条线索时空交错，谋篇布局，使得文章脉络清楚。

《松堂游记》的语言言简意赅，自然而淡定，让人真切地感受到了朱自清非凡的语言魅力。

拓展阅读

北京西山太行山脉

京城夜景

北京西山

(1) 地理位置：西山，又称北京西山，位于北京市西部，是太行山的一条支脉，它宛如腾蛟起蟒，从西方遥遥拱卫着北京城，因此古人称之为"神京右臂"。

(2) 历史沿革：早在西周初年，召公就被封于燕地（今北京及河北中、北部），建立燕国，而西山也是其领土的重要组成部分。

(3) 战略要地：它作为北京的天然屏障，对于守护京城的安全具有重要意义。在多个朝代中，西山都是兵家必争之地，见证了无数战争的硝烟与历史的沧桑。

(4) 军事防御：历史上，西山地区曾修建有众多的军事防御设施，如长城的某些段落就位于西山之上。

西山园林的重要地位

(1) 历史渊源与皇家园林典范

西山园林的建设可追溯至辽金时期,皇家园林的出现奠定了其深厚的文化底蕴与园林艺术基础。明清两代,西山地区成为皇家园林的集中地,"三山五园"(三山,指万寿山、香山、玉泉山;五园,指颐和园、静宜园、静明园、畅春园和圆明园)的辉煌成就标志着西山园林艺术达到了巅峰,这些园林不仅规模宏大,而且设计精巧,集中国园林艺术之大成。

(2) 园林艺术的杰出代表

西山园林建筑风格兼具北方之粗犷雄浑与南方之细腻精致,完美展现了中国古代园林艺术之博大精深与兼容并蓄的独特魅力。

(3) 文化内涵的丰富性

西山园林有着深厚的文化底蕴,自古便是文人墨客的聚集地,这里留下了大量的历史遗迹和文化遗产。

(4) 保护与研究的重要对象

西山园林在园林、建筑及文化史上均占据重要地位,通过研究可深入了解中国古代园林艺术的发展历程和演变规律,为现代园林设计提供宝贵的历史参考与灵感源泉。

三山五园

三山五园是对北京西郊沿西山到万泉河一带皇家园林的总称，涵盖了多个皇家园林、私家园林以及寺庙园林。

清漪园，现颐和园（万寿山）

清漪园始建于清乾隆十四年（1749年），到清乾隆二十九年（1764年）全园建筑告竣。以昆明湖、万寿山为基址，汲取江南园林的设计手法而建成的一座大型山水园林，也是保存得最完整的一座皇家行宫御苑，被誉为"皇家园林博物馆"。

静明园（玉泉山）

玉泉山原为康熙二十一年（1682年）建成的玉泉山行宫——"澄心园"，后更名为"静明园"。乾隆十五年（1750年）开始大规模扩建，对原建筑群进行了重新规划与建设，形成了山水林泉风致的园林布局。

圆明园 ▲

圆明园被誉为"万园之园",园内既有宫廷建筑的雍容华贵,又有江南园林的委婉多姿,同时还汲取了欧式园林的精华,把不同风格的园林建筑融为一体,被法国作家雨果誉为"理想与艺术的典范"。

静宜园(香山) ▲

乾隆八年(1743年)清高宗初游香山,决定在香山行宫的基础上兴建静宜园,建成二十八景。曾为二十八景之首的勤政殿是乾隆皇帝临时处理政务、接见王公大臣之所,取意勤政务本、勤于思政。

畅春园

康熙二十六年(1687年)全园建筑告竣,是清康熙皇帝在明朝李伟的"清华园"遗址上营造而成。取"四时皆春、八风来朝、六气通达"的寓意,命名为"畅春"。

初到清华记

1936 年 4 月 18 日，原载 1936 年《清华周刊》副刊第 44 卷第 3 期

从前在北平读书的时候，老在城圈儿里呆着。四年中虽也游过三五回西山，却从没来过清华；说起清华，只觉得很远很远而已。那时也不认识清华人，有一回北大和清华学生在青年会举行英语辩论，我也去听。清华的英语确是流利得多，他们胜了。那回的题目和内容，已忘记干净；只记得复辩时，清华那位领袖很神气，引着孔子的什么话。北大答辩时，开头就用了 furiously 一个字叙述这位领袖的态度。这个字也许太过，但也道着一点儿。那天清华学生是坐大汽车进城的，车便停在青年会前头；那时大汽车还很少。那是冬末春初，天很冷。一位清华学生在屋里只穿单大褂，将出门却套上厚厚的皮大氅 (chǎng)。这种"行"和"衣"的路数，在当时却透着一股标劲儿。

初来清华，在十四年夏天。刚从南方来北平，住在朝阳门边一个朋友家。那时教务长是张仲述先生，我们没见面。我写信给他，约定第三天上午去看他。写信时也和那位朋友商量过，十点赶得到清华么，从朝阳门那儿？他那时已经来过一次，但似乎只记得"长林碧草"，——他写到南方给我的信这么说——说不出路上究竟要多少时候。他劝我八

点动身，雇洋车直到西直门换车，免得老等电车，又换来换去的，耽误事。那时西直门到清华只有洋车直达；后来知道也可以搭香山汽车到海甸再乘洋车，但那是后来的事了。

知识速递：

Furiously：狂怒地；猛烈地；气势汹汹；怒冲冲。

张仲述（1892—1957年）：即张彭春，字仲述，中国近代教育家、早期话剧（新剧）活动家、导演、外交家。

第三天到了，不知是起得晚了些还是别的，跨出朋友家，已经九点挂零。心里不免有点儿急，车夫走的也特别慢似的。到西直门换了车。据车夫说本有条小路，雨后积水，不通了；那只得由正道了。刚出城一段儿还认识，因为也是去万生园的路；以后就茫然。到黄庄的时候，瞧着些屋子，以为一定是海甸（淀）了；心里想清华也就快到了吧，自己安慰着。

快到真的海甸时，问车夫，"到了吧？" "没哪。这是海——甸。" 这一下更茫然了。海甸这么难到，清华要何年何月呢？而车夫说饿了，非得买点儿吃的。吃吧，反正豁出去了。这一吃又是十来分钟。说还有三里多路呢。那时没有燕京大学，路上没什么看的，只有远处淡淡的西山——那天没有太阳——略略可解闷儿。

清华大学二校门

  好容易过了红桥，喇嘛庙，渐渐看见两行高柳，像穹门一般。十（什）刹海的垂杨虽好，但没有这么多这么深，那时路上只有我一辆车，大有长驱直入的神气。柳树前一面牌子，写着"入校车马缓行"；这才真到了，心里想，可是大门还够远的，不用说西院门又骗了我一次，又是六七分钟，才真真到了。坐在张先生客厅里一看钟，十二点还欠十五分。

  张先生住在乙所，得走过那"长林碧草"，那浓绿真可醉人。张先生客厅里挂着一副有正书局印的邓完白隶书长联。我有一个会写字的同学，他喜欢邓完白，他也有这一副对联；所以我这时如见故人一般。张先生出来了。他比我高得多，脸也比我长得多，一眼看出是个顶能干的人。我向他道歉来得太晚，他也向我道歉，说刚好有个约会，不能留我吃饭。谈了不大工夫，十二点过了，我告辞。到门口，原车还在，坐着回北平吃饭去。过了一两天，我就搬行李来了。这回却坐了火车，是从环城铁路朝阳门站上车的。

以后城内城外来往的多了，得着一个诀窍；就是在西直门一上洋车，且别想"到"清华，不想着不想着也就到了。——香山汽车也搭过一两次，可真够瞧的，两条腿有时候简直无放处，恨不得不是自己的。有一回，在海甸下了汽车，在现在"西园"后面那个小饭馆里，拣了临街一张四方桌，坐在长凳上，要一碟苜蓿(mù xu)肉，两张家常饼，二两白玫瑰，吃着喝着，也怪有意思；而且还在那桌上写了《我的南方》一首歪诗。那时海甸到清华一路常有穷女人或孩子跟着车要钱。他们除"您修好"等等常用语句外，有时会说"您将来做校长"，这是别处听不见的。

知识速递：

邓完白（1743—1805年），即邓石如，号完白山人、笈游道人等，怀宁（今安徽安庆）人。清代篆刻家，书法家。

田老师讲：

1925年秋，27岁的朱自清离开扬州重返北京，九年前初来北京是在北大求学，九年后再来则是去清华求职。他与当时清华的教务处长张仲述先生约好了见面时间，并计划好了前往清华的方式和路线，然而阴差阳错，他迟到了近两个小时。

一般我们写"初到XX记"时是不会在路上花费大量笔墨的，我们总是会将重点描写放在地名上，会提到某地的风景如何，人物如何，给自己留下了怎样的印象，但朱自清这篇《初到清华记》却不按常理出牌，因为它的重点并不在"清华"二字，而在"初到"俩字上。第一次去清华的时候是怎么去的，路线如何？自己的心情是怎样的焦急又无奈。

因为心急，所以觉得车夫走得慢。"慢"字用"特别"和"似的"修饰，可见他焦急成什么样子。因为心急，加上也没来过清华，所以就会对路的远近产生错觉，把黄庄认作海甸，把海甸认作清华，由此获得点心理安慰。一旦安慰落空，内心就更茫然。后来，与人约定的时间早已过去，内心反而不急了，竟然同意车夫停车吃饭，用他的话说，叫"豁出去了"。等到看到"入校车马缓行"的牌子，本来心里就以为到了，石头可以落地了，结果又落了空，一路上的心态真可谓一波三折。

朱自清在清华中文系执教23年，担任系主任16年，开了16门课，对清华中文系有着深远的影响。

蒙自杂记

1939 年 2 月 6 日作毕，费时两日
原载 1939 年 4 月 30 日《新云南》第 3 期

我在蒙自住过五个月，我的家也在那里住过两个月。我现在常常想起这个地方，特别是在人事繁忙的时候。

蒙自小得好，人少得好。看惯了大城的人，见了蒙自的城圈儿会觉得像玩具似的，正像坐惯了普通火车的人，乍踏上个碧石小火车，会觉得像玩具似的一样。但是住下来，就渐渐觉得有意思。城里只有一条大街，不消几趟就走熟了。书店，文具店，点心店，电筒店，差不多闭了眼可以找到门儿。城外的名胜去处，南湖，湖里的崧岛，军山，三山公园，一下午便可走遍，怪省力的。不论城里城外，在路上走，有时候会看不见一个人。整个儿天地仿佛是自己的；自我扩展到无穷远，无穷大。这教我想起了台州和白马湖，在那两处住的时候，也有这种静味。

大街上有一家卖糖粥的，带着卖煎粑粑。桌子凳子乃至碗匙等都很干净，又便宜，我们联大师生照顾的特别多。掌柜是个四川人，姓雷，白发苍苍的。他脸上常挂着微笑，却并不是巴结顾客的样儿。他爱点古玩什么的，每张桌子上，竹器磁器占着一半儿；糖粥和粑粑便摆在这些

桌子上吃。他家里还藏着些"精品"，高兴的时候，会特地去拿来请顾客赏玩一番。老头儿有个老伴儿，带一个伙计，就这么活着，倒也自得其乐。我们管这个铺子叫"雷稀饭"，管那掌柜的也叫这名儿；他的人缘儿是很好的。

城里最可注意的是人家的门对儿。这里许多门对儿都切合着人家的姓。别地方固然也有这么办的，但没有这里的多。散步的时候边看边猜，倒很有意思。但是最多的是抗战的门对儿。昆明也有，不过按比例说，怕不及蒙自的多；多了，就造成一种氛围气，叫在街上走的人不忘记这个时代的这个国家。这似乎也算利用旧形式宣传抗战建国，是值得鼓励的。眼前旧历年就到了，这种抗战春联，大可提倡一下。

知识速递：

门对：贴在门上的对联。春节时张贴的称春联，丧事时张贴的称丧联，喜事时张贴的称喜联。

蒙自的正式宣传工作，除党部的标语外，教育局的努力，也值得记载。他们将一座旧戏台改为演讲台，又每天张贴油印的广播消息。这都是有益民众的。他们的经费不多，能够逐步做去，是很有希望的。他们又帮忙北大的学生办了一所民众夜校。报名的非常踊跃，但因为教师和座位的关系，只收了二百人。夜校办了两三个月，学生颇认真，成绩相当可观。那时蒙自的联大要搬到昆明来，便只得停了。教育局长向我表示很可惜；看他的态度，他说的是真心话。

蒙自的民众相当的乐意接受宣传。联大的学生曾经来过一次灭蝇运动。四五月间蒙自苍蝇真多。有一位朋友在街上笑了一下，一张口便飞进一个去。灭蝇运动之后，街上许多食物铺子，备了冷布罩子，虽然简陋，不能不说是进步。铺子的人常和我们说，"这是你们来了之后才有的呀。"可见他们是很虚心的。

蒙自有个火把节，四乡是在阴历六月二十四晚上，城里是二十五晚上。那晚上城里人家都在门口烧着芦杆或树枝，一处处一堆堆熊熊的火光，围着些男男女女大人小孩；孩子们手里更提着烂布浸油的火球儿晃来晃去的，跳着叫着，冷静的城顿然热闹起来。这火是光，是热，是力量，是青年。四乡地方空阔，都用一棵棵小树烧；想象着一片茫茫的大黑暗里涌起一团团的热火，光景够雄伟的。四乡那些夷人，该更享受这个节，他们该更热烈的跳着叫着罢。这也许是个祓除节，但暗示着生活力的伟大，是个有意义的风俗；在这抗战时期，需要鼓舞精神的时期，它的意义更是深厚。

> **知识速递：**
>
> 夷人：旧时对华夏族之外的各族人的通称。
>
> 祓除：指除灾去邪之祭，或者清除、消除。

南湖在冬春两季水很少，有一半简直干得不剩一点二滴儿。但到了夏季，涨得溶溶滟滟的，真是返老还童一般。湖堤上种了成行的由加利树；高而直的干子，不差什么也有"参天"之势，细而长的叶子，像惯于拂水的垂杨，我一站到堤上禁不住想到北平的什刹海。再加上崧岛那一带田田的荷叶，亭亭的荷花，更像什刹海了。

崧岛是个好地方，但我看还不如三山公园曲折幽静。这里只有三个小土堆儿，几个朴素小亭儿。可是回旋起伏，树木掩映，这儿那儿更点缀着一些石桌石墩之类；看上去也罢，走起来也罢，都让人有点余味可以咀嚼似的。这不能不感谢那位李崧军长。南湖上的路都是他的军士筑的，崧岛和军山也是他重新修整的；而这个小小的公园，更见出他的匠心。这一带他写的匾额很多。他自然不是画家，不过笔势瘦硬，颇有些英气。

知识速递：

溶溶滟滟：水大而波光闪动的样子。

联大租借了海关和东方汇理银行旧址，是蒙自最好的地方。海关里高大的由加利树，和一片软软的绿草是主要的调子，进了门不但心胸一宽，而且周身觉得润润的。树头上好些白鹭，和北平太庙里的"灰鹤"是一类，北方叫做"老等"。那洁白的羽毛，那伶俐的姿态，耐人看，一清早看尤好。

在一个角落里有一条灌木林的甬道，夜里月光从叶缝里筛下来，该是顶有趣的。另一个角落长着些芒果树和木瓜树，可惜太阳力量不够，果实结得不肥，但沾着点热带味，也叫人高兴。

银行里花多，遍地的颜色，随时都有，不寂寞。最艳丽的要数叶子花。花是浊浓的紫，脉络分明活像叶，一丛丛的，一片片的，真是"浓得化不开"。花开的时候真久。我们四月里去，它就开了，八月里走，它还没谢呢。

田老师讲：

1938年，西南联大文法学院迁到云南蒙自。

朱自清时任西南联合大学中国文学系主任，并当选为中华全国文艺界抗敌协会理事。抗日战争的艰苦岁月里，他以认真严谨的态度从事教学和文学研究，不忘国忧，亦对生活怀着坦然和热爱。在1939年2月写下了《蒙自杂记》，留下了那个不平凡的年代里，属于祖国西南边陲小城的一段记忆。

《蒙自杂记》以"杂"入题，文中写"小火车""糖粥""门对儿""火把节""南湖""联大旧址"……所记之事可谓"杂"而无章，但是，如果联系作者来到蒙自的历史背景——"在这抗战时期，需要鼓舞精神的时期"，联系文中"叫在街上走的人不忘记这个时代的这个国家"，不难发现这篇文章不是琐屑的"杂"，作者的每一步、每一笔都深深地牵挂着民众和民族的命运。这是我们读散文时要去理解和领会的"神"。

拓展阅读

云南在不同历史时期的主要叫法

百濮之国： 殷周时期，云南地区有许多部落，这里被称为百濮之国，反映了当时云南地区部落林立的状况。

滇国： 战国时期，楚国大将庄蹻进入滇池地区，建立滇国，这是云南地区较早的政权之一，也是云南简称"滇"的由来。

云南县： 西汉元封二年（前109年），汉武帝派将军郭昌入滇征服西南夷，设立益州郡和24个县，其中包括云南县。这是"云南"作为地名首次出现，并一直沿用至今。

宁州： 西晋时期，云南改设为宁州，成为全国十九州之一，标志着云南地区行政建制的进一步发展。

南诏国： 唐朝时期，蒙舍诏部落首领皮罗阁兼并其他五诏，统一了洱海地区，建立南诏国，被唐朝封为云南王。南诏国是云南历史上一个重要的政权，其疆域广阔，文化繁荣。

大理国： 公元937年，通海节度使段思平联络三十七部灭大义宁国，建立大理国政权。大理国基本上承袭了南诏以来的疆界，并与宋朝保持臣属关系。

大理洱海

彩云之南：据传，"彩云之南"这一美称源于《南诏野史》中的"彩云现于龙兴和乡，县在云之南，故名云南"。这一名称不仅形象地描绘了云南的美丽景色，也寄托了人们对云南的向往和赞美。

三迤：清代及其后，云南雅称"三迤"。这一名称源于清朝时期云南的行政区划设置。1730年置迤东道、迤西道，乾隆三十一年（1766年）析迤东道南部置迤南道，故常用"三迤"代称云南。

云南独特的民族节日

云南作为中国少数民族最多的省份，拥有丰富多彩的节日文化，每个节日都蕴含着深厚的民族风情和独特的文化内涵。除了传统的春节、端午节，云南还有其独特的民族节日。

泼水节

时间：傣族新年，一般在公历4月中旬。

特色：傣族最为盛大的传统节日，人们互相泼水，寓意洗去一年的晦气，迎接新年的好运。此外，还有赛龙舟、放飞孔明灯等传统活动。泼水节已被列入中国第一批国家级非物质文化遗产名录。

火把节

时间：彝族、白族、纳西族、基诺族、拉祜族等民族的传统节日，主要在农历六月二十四或二十五。

特色：人们点燃火把，绕着村寨和田地巡游，驱赶邪恶和瘟疫。节日期间还有篝火晚会、歌舞表演、摔跤比赛等活动。火把节被称为"东方的狂欢节"。

三月街

时间：白族的传统节日，每年农历三月十五至二十一。

特色：白族一年中最大的盛会，人们在这里交流物资、商贸洽谈，同时欣赏歌舞表演和参加赛马、摔跤等传统体育活动。

其他民族节日：

刀杆节［傈僳(lìsù)族］、目瑙纵歌节（景颇族）、花山节（苗族）、密枝节（彝族）、哑巴节（彝族）。

西南联大

西南联大（国立西南联合大学），是中国抗日战争开始后高校内迁设于昆明的一所综合性大学。1937年11月1日，由国立北京大学、国立清华大学、私立南开大学在长沙组建成立的国立长沙临时大学在长沙开学（这一天也成为西南联大校庆日）。由于长沙连遭日机轰炸，1938年2月中旬，经中华民国教育部批准，长沙临时大学分三路西迁昆明。1938年4月，改称国立西南联合大学。

从1937年8月中华民国教育部决定国立长沙临时大学组建开始，到1946年7月31日国立西南联合大学停止办学，西南联大前后共存在了8年零11个月，"内树学术自由之规模，外来民主堡垒之称号"，保存了抗战时期的重要科研力量，培养了一大批卓有成就的优秀人才，为中国和世界的发展进步做出了杰出贡献。

西南联大博物馆

重庆一瞥

1941年3月14日作
原载1941年11月10日《抗战文艺》第7卷第4、5期合刊

　　重庆的大，我这两年才知道。从前只知重庆是一个岛，而岛似乎总大不到哪儿去的。两年前听得一个朋友谈起，才知道不然。他一向也没有把重庆放在心上。但抗战前二年走进夔(kuí)门一看，重庆简直跟上海差不多；那时他确实吃了一惊。我去年七月到重庆时，这一惊倒是幸而免了。却是，住了一礼拜，跑的地方不算少，并且带了地图在手里，而离开的时候，重庆在我心上还是一座丈八金身，摸不着头脑。重庆到底好大，我现在还是说不出。

　　从前许多人，连一些四川人在内，都说重庆热闹，俗气，我一向信为定论。然而不尽然。热闹，不错，这两年更其是的；俗气，可并不然。我在南岸一座山头上住了几天。朋友家有一个小廊子，和重庆市面对面儿。清早江上雾濛濛的，雾中隐约着重庆市的影子。重庆市南北够狭的，东西却够长的，展开来像一幅扇面上淡墨轻描的山水画。雾渐渐散了，轮廓渐渐显了，扇面上着了颜色，但也只淡淡的，而且阴天晴天差不了多少似的。一般所说的俗陋的洋房，隔了一衣带水却出落得这般素雅，

重庆洪崖洞

谁知道！再说在市内，傍晚的时候我跟朋友在枣子岚垭，观音岩一带散步，电灯亮了，上上下下，一片一片的是星的海，光是海。一盏灯一个眼睛，传递着密语，像旁边没有一个人。没有人，还哪儿来的俗气？

　　从昆明来，一路上想，重庆经过那么多回轰炸，景象该很惨罢。报上虽不说起，可是想得到的。可是，想不到的！我坐轿子，坐洋车，坐公共汽车，看了不少的街，炸痕是有的，瓦砾场是有的，可是，我不得不吃惊了，整个的重庆市还是堂皇伟丽的！街上还是川流不息的车子和

重庆豆花饭

步行人，挤着挨着，一个垂头丧气的也没有。有一早上坐在黄家垭口那家宽敞的豆乳店里，街上开过几辆炮车。店里的人都起身看，沿街也聚着不少的人。这些人的眼里都充满了安慰和希望。

只要有安慰和希望，怎么轰炸重庆市的景象也不会惨的。我恍然大悟了。——只看去年秋天那回大轰炸以后，曾几何时，我们的陪都不是又建设起来了吗！

知识速递：

陪都：指首都以外另设的副都，也称为辅都。

田老师讲：

朱自清的这篇散文如同它的标题一样，匆匆的，急急的，但其背后含义却意味深长。

他先是写重庆的大，跟上海差不多，他住了一个礼拜，拿着地图跑了不少地方，却还是说不出它到底在多大。接下来笔锋一转，写它的样貌，白天像一幅扇面上的山水画，雾蒙蒙的，夜晚却是一片一片的星的海，光的海。写完了重庆的"景"，朱自清落笔在重庆的"人"上面：车子川流不息，人们摩肩接踵，"一个垂头丧气的也没有"，"眼里都充满了安慰和希望"。

朱自清在纷飞的战火中来到重庆，记下他的渝中印象。当时的中国正值抗战时期，烽火狼烟，热血遍洒，重庆成为战时的陪都，遭遇到前所未有的毁灭和苦难。然而中国人不仅没有屈服，反而以更加坚定了抗战的决心。

最后一节堪称锦上添花，起着推波助澜的作用，作者态度坚决，立场坚定，感情炽烈地疾呼："怎么轰炸重庆市的景象也不会惨的。""曾几何时，我们的陪都不是又建设起来了吗！"收尾既激越又从容，含义深远，耐人寻味。

拓展阅读

夔门的历史

夔门，又名瞿塘关，位于重庆市奉节县瞿塘峡夔门山麓，是古代东入蜀道的重要关隘，自秦汉以来都是兵家必争之地。两岸高山凌江夹峙，是长江从四川盆地进入三峡的西大门。因水势波涛汹涌，呼啸奔腾，令人心悸，素有"夔门天下雄"之称。

第五套10元人民币背景图即为三峡夔门。

《汉书》中记载："鱼复，江关都尉治。"这里的江关即指夔门，说明其在汉代已是重要的军事关隘。

白帝城位于夔门对岸的白帝山上，是西汉末年公孙述据蜀时所建，因井中常冒出白色雾气而被称为"白帝城"。

瞿塘关江景

098

关于夔门的诗词

杜甫《长江》:"众水会涪万,瞿塘争一门。"这句诗描绘了长江水在瞿塘峡口汇聚,争相通过夔门的壮观景象。

黄庭坚《雨中登岳阳楼望君山二首(之一)》:"白帝城边足风波,瞿塘五月谁敢过。"诗人以白帝城为背景,突出了瞿塘峡的险峻和波涛的汹涌。

重庆行记

1944年9月7日作毕，费时近半月
原载1944年9月10日、17日、23日、10月1日昆明《中央日报》
副刊《星期增刊》

  这回暑假到成都看看家里人和一些朋友，路过陪都，停留了四日。每天真是东游西走，几乎车不停轮，脚不停步。重庆真忙，像我这个无事的过客，在那大热天里，也不由自主的好比在旋风里转，可见那忙的程度。这倒是现代生活现代都市该有的快拍子。忙中所见，自然有限，并且模糊而不真切。但是换了地方，换了眼界，自然总觉得新鲜些，这就乘兴记下了一点儿。

重庆双龙湖夕阳

长江三峡江景

飞

    我从昆明到重庆是飞的。人们总羡慕海阔天空，以为一片茫茫，无边无界，必然大有可观。因此以为坐海船坐飞机是"不亦快哉！"其实也未必然。晕船晕机之苦且不谈，就是不晕的人或不晕的时候，所见虽大，也未必可观。海洋上见的往往是一片汪洋，水，水，水。当然有浪，但是浪小了无可看，大了无法看——那时得躲进舱里去。船上看浪，远不如岸上，更不如高处。海洋里看浪，也不如江湖里，海洋里只是水，只是浪，显不出那大气力。江湖里有的是遮遮碍碍的，山哪，城哪，什么的，倒容易见出一股劲儿。"江间波浪兼天涌"为的是巫峡勒住了江水；"波撼岳阳城"，得有那岳阳城，并且得在那岳阳城楼上看。

武龙家世界自然遗产

　　不错，海洋里可以看日出和日落，但是得有运气。日出和日落全靠云霞烘托才有意思。不然，一轮呆呆的日头简直是个大傻瓜！云霞烘托虽也常有，但往往淡淡的，懒懒的，那还是没意思。得浓，得变，一眨眼一个花样，层出不穷，才有看头。这是可遇而不可求的。平生只见过两回的落日，都在陆上，不在水里。水里看见的，日出也罢，日落也罢，只是些傻瓜而已。

这种奇观若是有意为之，大概白费气力居多。有一次大家在衡山上看日出，起了个大清早等着。出来了，出来了，有些人跳着嚷着。那时一丝云彩没有，日光直射，教人睁不开眼，不知那些人看到了些什么，那么跳跳嚷嚷的。许是在自己催眠吧。自然，海洋上也有美丽的日落和日出，见于记载的也有。但是得有运气，而有运气的并不多。

赞叹海的文学，描摹海的艺术，创作者似乎是在船里的少，在岸上的多。海太大太单调，真正伟大的作家也许可以单刀直入，一般离了岸却掉不出枪花来，像变戏法的离开了道具一样。这些文学和艺术引起未曾航海的人许多幻想，也给予已经航海的人许多失望。天空跟海一样，也大也单调。日月星的，云霞的文学和艺术似乎不少，都是下之视上，说到整个儿天空的却不多。

星空，夜空还见点儿，昼空除了"青天""明蓝的晴天"或"阴沉沉的天"一类词儿之外，好像再没有什么说的。但是初次坐飞机的人虽无多少文学艺术的背景帮助他的想象，却总还有那"天宽任鸟飞"的想象；加上别人的经验，上之视下，似乎不只是苍苍而已，也有那翻腾的云海，也有那平铺的锦绣。这就够揣摩的。

但是坐过飞机的人觉得也不过如此，云海飘飘拂拂的弥漫了上下四方，的确奇。可是高山上就可以看见；那可以是云海外看云海，似乎比飞机上云海中看云海还清彻些。苏东坡说得好："不识庐山真面目，只缘身在此山中。"飞机上看云，有时却只像一堆堆破碎的石头，虽也算得天上人间，可是我们还是愿看流云和停云，不愿看那死云，那荒原上的乱石堆。至于锦绣平铺，大概是有的，我却还未眼见。我只见那"亚洲第一大水扬子江"可怜得像条臭水沟似的。城市像地图模型，房屋像儿童玩具，也多少给人滑稽感。

自己倒并不觉得怎样藐小，却只不明白自己是什么玩意儿。假如在海船里有时会觉得自己是傻子，在飞机上有时便会觉得自己是丑角吧。然而飞机快是真的，两点半钟，到重庆了，这倒真是个"不亦快哉！"

知识速递：

描摹：指透过覆在原件上的透明纸按照看得见的线条或文字描绘（如图画、版画、手抄本、字帖），也指照原样描写或描画。

藐小：微小。

拓展阅读

秋兴八首（其一）

唐·杜甫

玉露凋伤枫树林，
巫山巫峡气萧森。
江间波浪兼天涌，
塞上风云接地阴。
丛菊两开他日泪，
孤舟一系故园心。
寒衣处处催刀尺，
白帝城高急暮砧。

望洞庭湖赠张丞相

唐·孟浩然

八月湖水平，
涵虚混太清。
气蒸云梦泽，
波撼岳阳城。
欲济无舟楫，
端居耻圣明。
坐观垂钓者，
徒有羡鱼情。

热

昆明虽然不见得四时皆春，可的确没有一般所谓夏天。今年直到七月初，晚上我还随时穿上衬绒袍。飞机在空中走，一直不觉得热，下了机过渡到岸上，太阳晒着，也还不觉得怎样热。在昆明听到重庆已经很热。记起两年前端午节在重庆一间屋里坐着，什么也不做，直出汗，那是一个时雨时晴的日子。想着一下机必然汗流浃背，可是过渡花了半点钟，满晒在太阳里，汗珠儿也没有沁出一个。后来知道前两天刚下了雨，天气的确清凉些，而感觉既远不如想象之甚，心里也的确清凉些。

重庆市区

　　<u>滑竿</u>沿着水边一线的泥路走，似乎随时可以滑下江去，然而毕竟上了坡。有一个坡很长，很宽，铺着大石板。来往的人很多，他们穿着各样的短衣，摇着各样的扇子，真够热闹的。片段的颜色和片段的动作混成一幅<u>斑驳陆离</u>的画面，像出于后期印象派之手。我赏识这幅画，可是好笑那些人，尤其是那些扇子。那些扇子似乎只是无所谓的机械的摇着，好像一些无事忙的人。当时我和那些人隔着一层扇子，和重庆也隔着一层扇子，也许是在滑竿儿上坐着，有人代为出力出汗，会那样心地清凉罢。

　　第二天上街一走，感觉果然不同，我分别了重庆的热了。扇子也买在手里了。穿着成套的西服在大太阳里等大汽车，等到了车，在车里挤着，实在受不住，只好脱了上装，折起挂在膀子上。有一两回勉强穿起上装站在车里，头上脸上直流汗，手帕子简直<u>揩抹</u>不及，眉毛上，眼镜架上常有汗偷偷的滴下。这偷偷滴下的汗最教人担心，担心它会滴在面前坐

106

着的太太小姐的衣服上，头脸上，就不是太太小姐，而是绅士先生，也够那个的。再说若碰到那脾气躁的人，更是吃不了兜着走。曾在北平一家戏园里见某甲无意中碰翻了一碗茶，泼些在某乙的竹布长衫上，某甲直说好话，某乙却一声不响的拿起茶壶向某甲身上倒下去。碰到这种人，怕会大闹街车，而且是越闹越热，越热越闹，非到宪兵出面不止。

知识速递：

滑竿：是中国西南各地山区特有的一种供人乘坐的传统交通工具。即用两根结实的长竹竿绑扎成担架，中间架以竹片编成的躺椅或用绳索结成的坐兜，前垂脚踏板。

斑驳陆离：意思是形容色彩杂乱不一。

揩抹：擦抹，抹去。

话虽如此，幸而倒没有出什么岔儿，不过为什么偏要白白的将上装挂在膀子上，甚至还要勉强穿上呢？大概是为的绷一手儿罢。在重庆人看来，这一手其实可笑，他们的夏威夷短裤儿照样绷得起，何必要多出汗呢？这儿重庆人和我到底还隔着一个心眼儿。再就说防空洞罢，重庆的防空洞，真是大大有名，死心眼儿的以为防空洞只能防空，想不到也能防热的。我看沿街的防空洞大半开着，洞口横七竖八的安些床铺、马扎子、椅子、凳子，横七竖八的坐着、躺着各样衣着的男人、女人。在街心里走过，瞧着那懒散的样子，未免有点儿烦气。这自然是死心眼儿，但是多出汗又好烦气，我似乎倒比重庆人更感到重庆的热了。

重庆轻轨

行

衣食住行，为什么却从行说起呢？我是行客，写的是行记，自然以为行第一。到了重庆，得办事，得看人，非行不可，若是老在屋里坐着，压根儿我就不会上重庆来了。再说昆明市区小，可以走路；反正住在那儿，这回办不完的事，还可以留着下回办，不妨从从容容的，十分忙或十分懒的时候，才偶尔坐回黄包车、马车或公共汽车。来到重庆可不能这么办，路远、天热、日子少、事情多，只靠两腿怎么也办不了。况这儿的车又相应、又方便，又何乐而不坐坐呢？

前几年到重庆，似乎坐滑竿最多，其次黄包车，其次才是公共汽车。那时重庆的朋友常劝我坐滑竿，因为重庆东到西长，有一圈儿马路；南到北短，中间却隔着无数层坡儿。滑竿可以爬坡，黄包车只能走马路，往往要兜大圈子。至于公共汽车，常常挤得水泄不通，半路要上下，得费出九牛二虎之力，所以那时我总是起点上终点下的多，回数自然就少。

坐滑竿上下坡，一是脚朝天，一是头冲地，有些惊人，但不要紧，滑竿夫倒把得稳。从前黄包车下打铜街那个坡，却真有惊人的着儿，车夫身子向后微仰，两手紧压着车把，不拉车而让车子推着走，脚底下不由自主的忽紧忽慢，看去有时好像不点地似的，但是一个不小心，压不住车把，车子会翻过去，那时真的是脚不点地了，这够险的。所以后来黄包车禁止走那条街，滑竿现在也限制了，只准上坡时坐。可是公共汽车却大进步了。

这回坐公共汽车最多，滑竿最少。重庆的公用汽车分三类，一是特别快车，只停几个大站，一律廿五元，从那儿坐到那儿都一样，有些人常拣那候车人少的站口上车，兜个圈子回到原处，再向目的地坐；这样还比走路省时省力，比雇车省时省力省钱。二是专车，只来往政府区的上清寺和商业区的都邮街之间，也只停大站，廿五元。三是公共汽车，站口多，这回没有坐，好像一律十五元，这种车比较慢，行客要的是快，所以我没有坐。慢固然因停的多，更因为等的久。

重庆汽车，现在很有秩序了，大家自动的排成单行，依次而进，坐位满人，卖票人便宣布还可以挤几个，意思是还可以"站"几个。这时愿意站的可以上前去，不妨越次，但是还得一个跟一个"挤"满了，卖票宣布停止，叫等下次车，便关门吹哨子走了。公共汽车站多价贱，排班老是很长，在腰站上，一次车又往往上不了几个，因此一等就是二三十分钟，行客自然不能那么耐着性儿。

知识速递：

越次：越出序列；越出位次。

腰站：驿站的中间站，以便休息打尖或换马。也称腰顿。

109

衣

二十七年春初过桂林,看见满街都是穿灰布制服的,长衫极少,女子也只穿灰衣和裙子。那种整齐,利落,朴素的精神,叫人肃然起敬;这是有训练的公众。后来听说外面人去得多了,长衫又多起来了。国民革命以来,中山服渐渐流行,短衣日见其多,抗战后更其盛行。从前看不起军人,看不惯洋人,短衣不愿穿,只有女人才穿两截衣,那有堂堂男子汉去穿两截衣的。可是时世不同了,男子倒以短装为主,女子反而穿一截衣了。桂林长衫增多,增多的大概是些旧长衫,只算是回光返照。

可是这两三年各处却有不少的新长衫出现，这是因为公家发的平价布不能做短服，只能做长衫，是个将就局儿。相信战后材料方便，还要回到短装的，这也是一种现代化。

四川民众苦于多年的省内混战，对于兵字深恶痛绝，特别称为"二尺五"和"棒客"，列为一等人。我们向来有"短衣帮"的名目，是泛指，"二尺五"却是特指，可都是看不起短衣。

四川似乎特别看重长衫，乡下人赶场或入市，往往头缠白布，脚登草鞋，身上却穿着青布长衫。是粗布，有时很长，又常东补一块，西补一块的，可不含糊是长衫。也许向来是天府之国，衣食足而后知礼义，便特别讲究仪表，至今还留着些流风余韵罢？

然而城市中人却早就在赶时髦改短装了。短装原是洋派，但是不必遗憾，赵武灵王不是改了短装强兵强国吗？短装至少有好些方便的地方：夏天穿个衬衫短裤就可以大模大样的在街上走，长衫就似乎不成。只有广东天热，又不像四川在意小节，短衫裤可以行街。可是所谓短衫裤原是长裤短衫，广东的短衫又很长，所以还行得通，不过好像不及衬衫短裤的派头。不过衬衫短裤似乎到底是便装，记得北平有个大学开教授会，有一位教授穿衬衫出入，居然就有人提出风纪问题来。

三年前的夏季，在重庆我就见到有穿衬衫赴宴的了，这是一位中年的中级公务员，而那宴会是很正式的，座中还有位老年的参政员。可是那晚的确热，主人自己脱了上装，又请客人宽衣，于是短衫和衬衫围着圆桌子，大家也就一样了。西服的客人大概搭着上装来，到门口穿上，到屋里经主人一声"宽衣"，便又脱下，告辞时还是搭着走。其实真是多此一举，那么热还绷个什么呢？不如衬衫入座倒干脆些。可是中装的却得穿着长衫来去，只在室内才能脱下。西服客人累累赘赘带着上装，倒可以陪他们受点儿小罪，叫他们不至于因为这点不平而对于世道人心长吁短叹。

战时一切从简，衬衫赴宴正是"从简"。"从简"提高了便装的地位，于是乎造成了短便装的风气。先有皮茄克，春秋冬三季（在昆明是四季），大街上到处都见，黄的、黑的、拉链的、扣钮的、收底的、不收底边的，花样繁多。穿的人青年中年不分彼此，只除了六十以上的老头儿。从前穿的人多少带些个"洋"关系，现在不然，我曾在昆明乡下见过一个种地的，穿的正是这皮茄克，虽然旧些。不过还是司机穿的最早，这成了司机文化一个重要项目。皮茄克更是那儿都可去，昆明我的一位教授朋友，就穿着一件老皮茄克教书、演讲、赴宴、参加典礼，到重庆开会，差不多是皮茄克为记。这位教授穿皮茄克，似乎在学晏子穿狐裘，三十年就靠那一件衣服，他是不是赶时髦，我不能冤枉人，然而皮茄克上了运是真的。

再就是我要说的这两年至少在重庆风行的夏威夷衬衫，简称夏威夷衫，最简称夏威衣。这种衬衫创自夏威夷，就是檀香山，原是一种土风。夏威夷岛在热带，译名虽从音，似乎也兼义。夏威夷衣自然只宜于热天，只宜于有"夏威"的地方，如中国的重庆等。重庆流行夏威衣却似乎只是近一两年的事。去年夏天一位朋友从重庆回到昆明，说是曾看见某首长穿着这种衣服在别墅的路上散步，虽然在黄昏时分，我的这位书生朋友总觉得不大像样子。今年我却看见满街都是的，这就是所谓上行下效罢？

夏威衣翻领像西服的上装，对襟面袖，前后等长，不收底边，还开岔儿，比衬衫短些。除了翻领，简直跟中国的短衫或小衫一般无二。但短衫穿不上街，夏威衣即可堂哉皇哉在重庆市中走来走去。那翻领是具体而微的西服，不缺少洋味，至于凉快，也是有的。夏威衣的确比衬衫通风；而看起来飘飘然，心上也爽利。重庆的夏威衣五光十色，好像白绸子黄卡机居多，土布也有，绸的便更见其飘飘然，配长裤的好像比配短裤的多一些。在人行道上有时通过持续来了三五件夏威衣，一阵飘过去似的，倒也别有风味，参差零落就差点劲儿。

夏威衣在重庆似乎比皮茄克还普遍些，因为便宜得多，但不知也会像皮茄克那样上品否。到了成都时，宴会上遇见一位上海新来的青年衬衫短裤入门，却不喜欢夏威衣（他说上海也有），说是无礼貌。这可是在成都，重庆人大概不会这样想吧？

知识速递：

上行下效：指上面的人怎样做，下面的人就跟着怎么做，后比喻上级的言行很大地影响着下属，含贬义。

堂哉皇哉：犹堂而皇之。形容端正庄严或雄伟有气派。也指表面上庄严正大，堂堂正正，实际却不然。

卡机：即卡其布，是一种主要由棉、毛、化学纤维混纺而成的织品。卡其布通常是浅色的不同风格的布料，布料以棉花为主。卡其读音同卡齐，旧译作咔叽。

参差零落：指各种不同的事物，错综复杂地交织在一起。

田老师讲：

1944年暑期，朱自清从昆明西南联大到成都探亲会友，在重庆停留四日，每天"东游西走，几乎车不停轮，脚不停步"。但作者还是用他睿智的头脑、优美的文笔、渊博的知识、深刻的思想写出了他的忙中所见。

文章新颖地切分为"飞""热""行""衣"四个部分，看似互不联属，实际有机地组合成朱自清对重庆这座异城的新印象。

"飞"抒写从昆明飞往重庆的感受。将一般人认为坐海船坐飞机的"不亦快哉"和飞机花了两个半小时到重庆的"不亦快哉"相对比：前者的"快"是舒心、惬意，后者的"快"只指速度快。写海洋可以看日出、日落、云霞的美丽，都是可遇而不可求的。接着写天空，写坐在飞机上看陆地上的江河、城市，觉得并无多少美感。其实，作者似乎暗寓着想要观赏到世间大美，就要脚踏实地的意蕴。

"热"展示了重庆炎夏的气候特点和作者的自我感受。朱自清欲扬先抑，先写下了飞机并未感到热，后来才知道是因为刚下了两场雨。接着写到还是不曾感到热，是因为坐了滑竿的缘故，朱自清却不以为然，甚至还嘲笑那些机械地摇着扇子的人。后面才开始切切实实写到重庆的热。包袱如此抖来，让读者深感好奇与有趣。

"行"中写到山城重庆出行的特色：滑竿、黄包车、马车、公用汽车。公用汽车又分为特别快车、专车和公共汽车。通过写公共汽车慢且排队长来说明重庆的行路之艰。

"衣"写得较为详尽，结合历史、文化背景写到衣的发展变迁，又写到重庆风行的夏威夷衬衫既潇洒又便宜。看似写穿衣，其实是在写社会、环境的发展带来人们心态、习性的改变。

文章笔随兴录，古典诗词、当代风俗散落其间，时而庄重严肃，时而诙谐直白；既有自嘲，也讽喻时俗，文意纵横、疏阔又醇厚。

拓展阅读

重庆，这座山城不仅以其独特的地理风貌和丰富的历史文化而闻名遐迩，还拥有着多处世界文化遗产，其中大足石刻和喀斯特地貌是两大亮点。

大足石刻

基本概况

位置：大足石刻位于重庆市大足区境内，是大足区境内141处摩崖造像的总称。其中，国家级有宝顶山、北山（含多宝塔）、南山、石门山、石篆山等，造像5万余尊。

历史背景：大足石刻最初开凿于初唐永徽年间，历经晚唐、五代，盛于两宋，明清时期亦有所增刻，最终形成了一处规模庞大、集中国石刻艺术精华之大成的石刻群。

艺术特色：大足石刻以规模宏大、雕刻精美、题材多样、内涵丰富、保存完整而著称于世。其雕刻类别主要是高、浅浮雕，少数圆雕，极个别阴线刻。内容以佛教形象为主，道教形象次之，是中国晚期石窟艺术的代表。

主要景点

宝顶山石刻：大足石刻中最著名的景点之一，规模宏大，造像数量和种类众多，包含了佛、道、儒三教造像，以及许多贴近生活的世俗造像。其中，《释迦牟尼涅槃图》是大足石窟中最大的石刻，佛像长31米，造型圆润丰满，安详慈悲。

北山石刻：也是大足石刻的重要组成部分，以其精美的雕刻和丰富的题材而著称。

世界文化遗产

1999年12月，大足石刻被联合国教科文组织列入《世界遗产名录》，成为重庆唯一的世界文化遗产。

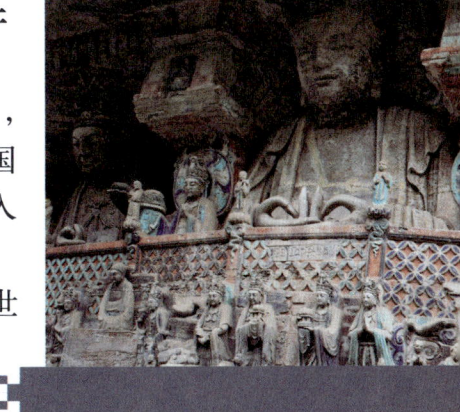

喀斯特地貌

溶洞

基本概念

　　喀斯特地貌是地下水与地表水对可溶性岩石（如石灰岩）溶蚀与沉淀、侵蚀与沉积，以及重力崩塌、坍塌、堆积等作用形成的地貌。中国称之为岩溶地貌，为中国五大造型地貌之一。

分布区域

　　喀斯特地貌在中国分布最广，集中分布于桂、黔、滇等省区，川、渝、湘、晋、甘、藏等省区部分地区亦有分布。在重庆，喀斯特地貌同样广泛存在，为重庆的自然景观增添了独特的魅力。

地质特征

　　喀斯特地貌分地表和地下两大类。地表有石芽与溶沟、喀斯特漏斗、落水洞、溶蚀洼地、喀斯特盆地与喀斯特平原、峰丛、峰林与孤峰等；地下则有溶洞与地下河、暗湖等。

"月朦胧，鸟朦胧，帘卷海棠红"

1924年2月1日，温州作

  这是一张尺多宽的小小的横幅，马孟容君画的。上方的左角，斜着一卷绿色的帘子，稀疏而长；当纸的直处三分之一，横处三分之二。帘子中央，着一黄色的，茶壶嘴似的钩儿——就是所谓软金钩么？"钩弯"垂着双穗，石青色；丝缕微乱，若小曳于轻风中。纸右一圆月，淡淡的青光遍满纸上；月的纯净，柔软与平和，如一张睡美人的脸。

  从帘的上端向右斜伸而下，是一枝交缠的海棠花。花叶扶疏，上下错落着，共有五丛；或散或密，都玲珑有致。叶嫩绿色，仿佛掐得出水似的；在月光中掩映着，微微有浅深之别。花正盛开，红艳欲流；黄色的雄蕊历历的，闪闪的。衬托在丛绿之间，格外觉着妖娆了。枝欹斜而腾挪，如少女的一只臂膊。

枝上歇着一对黑色的八哥，背着月光，向着帘里。一只歇得高些，小小的眼儿半睁半闭的，似乎在入梦之前，还有所留恋似的。那低些的一只别过脸来对着这一只，已缩着颈儿睡了。帘下是空空的，不着一些痕迹。

试想在圆月朦胧之夜，海棠是这样的妩媚而嫣润；枝头的好鸟为什么却双栖而各梦呢？在这夜深人静的当儿，那高踞着的一只八哥儿，又为何尽撑着眼皮儿不肯睡去呢？他到底等什么来着？舍不得那淡淡的月儿么？舍不得那疏疏的帘儿么？不，不，不，您得到帘下去找，您得向帘中去找——您该找着那卷帘人了？他的情韵风怀，原是这样这样的哟！朦胧的岂独月呢；岂独鸟呢？但是，咫尺天涯，教我如何耐得？我拼着千呼万唤；你能够出来么？

知识速递：

欹(qī)斜："欹斜"一般指"敧斜"，两者为同义词、同音词，都指歪斜不正。除出处外，两者没有其他区别。

腾挪：移动或挪借。

嫣润：指美好柔和。

双栖：飞禽雌雄共同栖止。比喻夫妻共处。

高踞：指遇事待物高高在上，表现出傲慢之意。

这页画布局那样经济，设色那样柔活，故精彩足以动人。虽是区区尺幅，而情韵之厚，已足沦肌浃髓而有余。我看了这画，瞿然而惊：留恋之怀，不能自已。故将所感受的印象细细写出，以志这一段因缘。但我于中西的画都是门外汉，所说的话不免为内行所笑。那也只好由他了。

知识速递：

沦肌浃髓 (lún jī jiā suǐ)：沦，浸没。浃，湿透。意思是透入肌肉和骨髓，比喻感受深刻。

田老师讲：

1924 年，马孟容在今天的温州中学执教，与朱自清既是同事又是好友。马孟容先生精心制作一幅尺多宽的《月夜八哥海棠图》赠送给好友。朱自清爱不释手，细细品味，整整看了两天，并回赠了这篇散文《"月朦胧、鸟朦胧、帘卷海棠红"》。他恭敬地说："以文换画，自是文雅之事，只是你的画是传神妙品，只可意会，不可言传；我写的仅得其万一，贻笑大方了。"一时成为文界艺坛的美谈。

拓展阅读

素描

油画·梵高《星空》

马孟容

马孟容（1892—1932年），名毅，字孟容，以字行，浙江永嘉人，是中国近代著名的画家和教育家，以其深厚的国画造诣闻名，作品融合传统与现代，展现出独特艺术风格。马孟容笔致秀润，墨气醇厚。他的花鸟、草虫、鱼蟹等作品，无不展现出其精湛的技艺和深厚的艺术功底。他的画作线条流畅，墨色浓淡相宜，给人以美的享受。

马孟容作品

中国画·王希孟《千里江山图》局部

水彩画·切尔西《白房子》　　　　水粉画　　　　粉笔画

绘画的种类

绘画作为一种历史悠久的艺术形式，其分类方式多种多样，可以从不同的角度进行划分：

按工具材料和技法分类：
可分为：油画、中国画、水彩画、水粉画、素描、漫画、版画、丙烯画、粉笔画、数字绘画。

按题材内容分类：
可分为：风景画、人物画、景物画、抽象画。

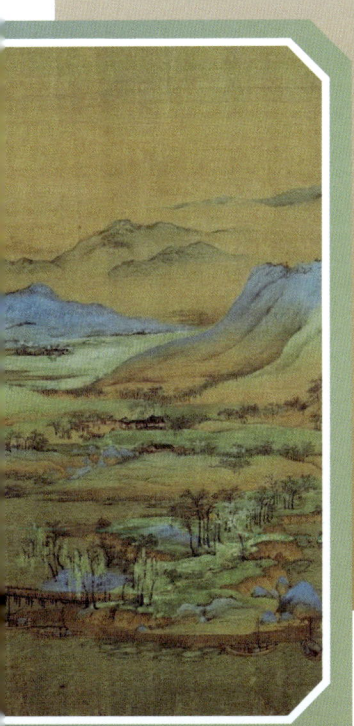

其他分类方式：
　　(1) 按尺寸大小：可分为巨幅绘画、大型绘画、中型绘画和小型绘画等。
　　(2) 按画幅形式：可分为卷轴画、壁画、屏风画、册页画等。
　　(3) 按题材内容分类：人物画、风景画、静物画、动物画等。
　　(4) 按出现时间：可分为古典绘画和现代绘画。（古典绘画一般指欧洲文艺复兴之前的绘画，而现代绘画则主要指19世纪末到20世纪出现的绘画。）

123